吹きすぎし風

坂上吾郎小説集 V

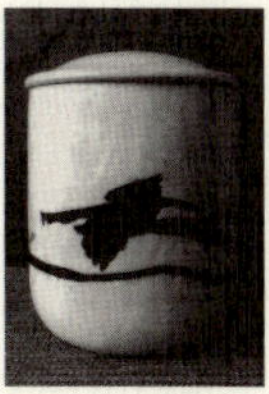

玲風書房

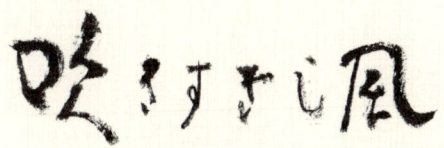

目次

吹きすぎし風

坂上吾郎小説集　V

そして

そして、

私は死んだ。しかし死ぬ前の私は八十歳である。傘寿だという。別に驚きもしないが、八十歳ということは、三百六十五日が八十回である。

人間は口からものを食べて生きている。食べるときに、よく噛む必要がある。一口に、三十回は噛めという。何十年か前の戦争で敗けて、当時のソ連軍にシベリアへ連れて行かれた日本の兵隊は、極寒の地に僅かの、ほんの掌に匙一杯ほどの食糧を、よく噛んで食べたという。少なくとも百回噛めというが、途中までは数えても、口の中の食糧は溶けるように何もなくなった。

詩人ぬやまひろしは、正岡子規の養子の正岡忠三郎の親友で、司馬遼太郎と一緒に『子規全集』を編纂監修した西沢隆二のことである。彼は一時共産党員であったが、獄中にあるとき極端に少なくなった刑務所の食事は三口とか五口しかなかったので、四百回も噛むことを自分に課したが、念のため四百二十回噛んだという。彼は、『子規全集』の出版のために忠三郎の知人で三菱銀行頭取の田実渉のところへ、一着きりあった三ツ揃いの背広をきて金策に出かけたと伝えられている。ネクタイも一本きりあったらしい。

私は小学校六年生で戦争に敗けて、戦争に敗けてから、旧制中学へ行った。小学校の先生は昨日までの優等生に、中学受験の内申書を十八名中十七番、つまりビリから二番で作ってくれた。戦争に敗けるということは、先ずこんな形で私という少年にかかわってきた。

そのとき十三歳。八十歳にはまだ六十七年もあったが、私にはこの世の昏闇に突然放り込まれた衝撃となって、今日まで私の心の入口を鬱いでいる。

中学には入ったが、食べるものはまるでなかった。掌に一杯の噛むものもなかった。こんなことを想像できる人もいなくなった。中学校は土地の名門と言われたが、学資金がない。母は姫育ちで、敗戦インフレの世相にまるで無力であった。

食べるものと、お金がなくて、命ばかりあるのは困った。中学へは入ったが、通学の定期券など買えない。郊外電車の定期券はうす汚れた紙だったから、期限の数字を萬年筆の先きでポッポッインクで点をつけて改竄し、期日を延ばせば幾日かは使える。市内電車のは回数券式だから、友人達から毎日一枚づつ取り上げてきてくれる奇特な不良少年がいた。弁当は農家の子のものをいろんな手段を使って食った。いろんな手段の中には、平和的に相手の同情によるもの、黙って失敬するもの、何となく相手に通じて止むなく私の胃袋の中に入るもの等、毎日がゲームのようだったが真剣に空腹を充たさなければならなかった。

体操の時間は運動グツがないとハダシだが、砂利の運動場に耐えられるような足の裏ではない。縄跳は下駄履。図画用紙も絵の具も買えないので、先生の後について他人の絵の批評をして歩いた。私の鑑賞眼の基礎をつくった。

勉強をしない子供達と仲良くなったのが収穫といえば、収穫だったが、月謝ばかりはお金だからどうにもならなかった。

旧制中学三年終了というのが、私の学歴として終生つき纏ったが、この学歴は私の人生にまといつく程は何の役にも立たず、入学時は年七十円のものが三年生になると四百円になった。この月謝の三年分で、私の一家はもう少し何かでも食べられたのではないか、と今は思う。母も兄弟たちも、誰一人何か口に出して言うことはなかった。

昭和二十四年七月、下山国鉄総裁が行方不明になり続いて三鷹事件、八月に松川事件と不可解な世を震撼させる事件がおきた。新聞の暗いニュースも私には何の波及もなかったが、そんな世相の折、戦死した父の部下を名乗る勾坂という人が現れて、私はその勾坂という人について浜松へ行った。つまり勾坂さんの家へ住み込んで彼の知り合いの鉄工場へ働きに行ったのだった。

勾坂さんが、どういう経緯でわが家へ現れたのか、なぜ見ず知らずの元聯隊長の家族に救いの手を延べたのか、何も解らない。が、私一人の口減らしになったこと、三ケ月程の間ではあったが、私の給料はどうだったのか、私がその中から食費を支払ったのか、私の小遣いは殆んどなかった。勾坂さんや勾坂さんの奥さんは見るからに田舎の臭いのする人で善良の中に世間を見渡す目が見えかくれしているような、よい人だった。

私が勤めることになった松本鉄工場は、豊田自動織機の真似をした日南式織機をさらに真似て自動織機を作っていた。戦時統制の名残りで資本金は十九萬円、売上高は私には判らない。社長、経理部長の他総務課長のようなヤクザ上りの人と、雑用員が私を入れて二人、それに女子事務員安藤重子、工員は三十人くらいいた。

工場には技術水準といえるようなものはなかった。ナンヤという工場長一人が、日南式織機の製造経験があり、日南式のカタログにナンヤ工場長の判断で夜も昼もなく工場は動いていた。出来上った織機を漸く納入したものの織布工場で思うように動かない。

織機が丸ごとオシャカでは修理もできないが、それでも私は遠い町はずれの工場へ修理部品を届けに行った。真夏の陽をあびながら、重い部品を手にぶらさげて歩いて行った。まだホンダのオートバイ自転車もなかった。右手と左手に交互に持ちかえながらこれはどういうことかなぁとただ歩いた。鉄の部品は固くとがったところが、足や脛にチクリチクリと当る。

家では、母が何事も戦争のせいだと諦めて、黙って一日が昏れて行くのを見ていたから、私も見知らぬ景色に見入るように、ただ歩くことに没頭した。

私が戦争をしたわけではない。戦争をしたのは誰だ。戦争をしたその国で、私の父は戦車聯隊という軍隊の虎の子のような機械化部隊の指揮官だった。

六十輌の戦車と、数百人の兵を率いて戦い、聯隊長は戦死した。聯隊長が死んでは、戦う部下の指揮を執る者がいない。しかし、父の聯隊は日本の国の身代りのように、北海の涯の、千島列島の最北端の小さな、占守島で、ソ連軍と戦った。

ソ連という国は、アメリカやイギリスなどの連合国に日本が降服してから、それを承知で攻めてきたのである。

すでに武器弾薬を戦車から降ろして、故郷へ帰るさゝやかな酒盛りもすました戦車兵は、急いで再び武装を整へ、ソ連軍の上陸地点へ突進した。聯隊長は、目前の敵とたたかわねばならない。しかし一兵でも多く無事故郷へ帰すことも、心の奥に蔵していた。聯隊長車は先頭に立って敵弾に向かって往き、殆んどの中隊長車がこれに続いた。司馬遼太郎は、この戦車聯隊の闘いについて

「いまでも、私は、朝、ひげを剃りながら、自分が大佐（聯隊長）ならどうするだろうと思い、その困惑の大きさを想像したりする。

日本はすでに降伏している。ソ連も、当然ながら連合国の一員であった。その一員が、いわば夜盗のように侵攻してきたのである。

大佐（聯隊長）は、撃退することを決心した。（風塵抄二）」と追想している。

戦死した九十六名の中、兵は十六名。中隊長は一人を除いて全員戦死した。ここに聯隊長の生き方があったが、戦後これを理解する人は殆んどいない。

昭和二十年。私が小学校六年生の秋以来、わが家は無収入になった。

「忍び難きを忍び、耐え難きを耐え」と天皇は言ったが、国家は給与を支給できず、食べものもない。

「そして」、私は空腹で汗をびっしょりかいてトボトボなんかでなく、一歩一歩と数えるように歩いていったのだ。他人がみれば、それは仕方なくトボトボ歩いているように見えたことだろう。

国家にはもともと責任などというものがないのだ。国家に対する憤りなど考える余裕もなかった。

汗を拭きながら、ただ歩き、目的の工場を探しあてて左右の膝を刺し続けた荷物を渡すことができた。

田舎の旧家の湿った家の奥にいる、文字通りの奥さんは色白の静かなひとで、技術もなにもない、ただ鉄の部品を運んできただけの少年に見えたであろう私に冷たい飲みものを出してくれた。

おいしかった。十七歳の私に奥さんの白い躯は何も語りかけはしなかった。しかし、私は単に何も出来ないからただ運搬役を努めたように見えるが、そうばかりではなかった。織機工場では、殆んど組立て作業だから、組立部品は、協力工場や、下請工場へ部品を集めに行くのだった。これがなかなか種類が多くて覚えきれない。日南式織機の当時敗戦国では見られない立派なアート紙のカタログに三百点近い部品の写真と記号、番号が綴じ込まれていて、その上機械部品は左右対称になっているので、それぞれの部品のR・Lを見分けなければならない。同じものでもR・Lを間違って部品をもってくると、オートバイもない最高で自転車、リヤカーの時代は時間がとりかえせない。そこで若輩で非力でも私の記憶力がモノを言ったのだった。

リヤカーで数の多い部品は小池君という小柄で逞しい先輩と二人で出かけた。

陽差しは少年時代の満州よりも暑かった。遠くの方にアイスキャンデーの旗が見える。黙っていても、そこまで頑張ろうと気持ちは一つだった。経理課長が内緒でくれる二円がこの世で唯一つの味方であった。リヤカーは百貫匁（四百キロ）で鉄の部品が荷台の囲いの高さくらいになる。それだけの積荷が、小石一つ車輪に当るともう動かなかった。自転車の荷台には十五貫（六十キロ）が限度だ。織機の杼函のように大きくてリヤカーに積めないし、木製でキズがつくから、自転車で肩に担いで突走った。

木工場から会社まで、これは孤独なんかにすらなれない。人通りを除けながら木材のくい込んでくる肩の痛みに耐える。それは決して闘いなんかでもない。肩にくい入ってくるものにたゞ従うだけなのだった。

会社へ帰ってくると、自転車ごと滑り込んで倒れ込む。両足で突っ立って止る。これはちょっとした快感で、今思えば、これが青春であったのか。

ガチャ萬景気はガチャンと言ったきり消え去り松本鉄工場の操業は止り、会社の前には滞った給料を貰うために、毎日工員たちが集った。

下請工場のオジサンが集金にくると、忽ち、工員たちと殴り合いになった。

門の向い側に水の澱んだ池があり、ザリガニを釣った。社長も、経理部長も、安藤重子も、姿を見せなくなった。

こうして私の出稼ぎは夏の夕日を見て終った。

勾坂さんは豆腐屋になって、朝早く出かけて行った。

「隊長殿は時間にキチットした人でしたから、私も毎日正確に同じ街を通るようにしています。トーフ屋がきたから時間だと言われるようにしています」

と、何の屈託もなかった。

松本鉄工場と一緒に勾坂機料商会もあっけなく幕を閉じ、私の記憶には、安藤重子だけが残った。

湯川博士がノーベル賞をとったなどと、遠い他国の出来事のように聞いた気がした。

「借」と「貸」

T市の家に帰ってきたが、することがない。

これが失業というわけだが、「失業」などという概念はなかった。浜松の古本屋で、何もわからずに買った「ゲーテ」を少し読んだ。ゲーテが何であるかも知らず、本棚の隣りに「ゲョーテ」と並んでいるので買っただけだが、私が翻訳ものを読むようになった偶然だった。「ゲョーテとはオレのことかとゲーテ云い」なんてことも知らなかった。しかしゲーテでは空腹の足しにはならない。たゞお金がないことはそれ程悲しくはなかった。

私は少年の頃、お金を不浄のものだと言って育てられ、お金でモノを買いに行くことを知らなかったから、いつもお金は無いのと同じ状態だった。軍人の家には「借」も「貸」もない、つまり「損」、「得」がなかったのだが、運のいたずらで、失業状態から脱け出すために知遇を得た人から

「キミー人間は金が欲しくなっちゃぁお終いだからねぇ」と聞かされた。その先生は弁護士で、今では殆んど聞かれなくなった大正デモクラシーの時代に、青春を過し、裕福に育った人だった。大学で社会主義の勉強をして、自からは、絶対貧乏でなけ

ればいけないと思って、先祖の田畑を売り盡してしまったというのだが、これがどうやら本当のことだった。

何しろその先生の先生だった河上肇という人は、若いとき「無我愛」という思想に共鳴して、無我というからには、自分のためには眠ることも、食べることもいけないと思って、それを実践したところ一週間で倒れ、仆れてみてはじめて、いくら無我と言っても、眠ること、食べることは自分のためでもしかたがないということが、わかったという人である。戦前、軍国主義の時代に非合法の共産主義者たちが、大学教授の先生にカンパを貰いにいくと、机の引き出しから給料袋をとり出して、袋を逆さにして小銭は引き出しの中に落し、残りを袋ごとカンパしたという人でもあった。

保守とか革新とか、ブルジョアジーとかプロレタリアートとか、そんなことは、すっかり忘れられた今、こんな話は何の意味もない。それでも、ただ熟っと陽の当らない場所を選んで、痩せた腕をかゝえている人もいると思う。失業、空腹、人世の価値。価値というものが、貨幣価値のことだと、誰がいうのか、いや誰とも知らぬうちに、民主主義が貨幣価値になった。

私は、ただ働いて、いくばくかの貨幣＝生活費を得なければならないと、ただそれだけで、「借」と「貸」の世界にまぎれ込んだ。

それは、偶々、私の母に道で出会った人が推めてくれたものだった。

会計事務所という、うす暗い感じの人たちがうつ向いて何か一心に手を動かしている。字ぐらいなら私にも書けると思ったのが間違いで、ソロバンという魔法も使わなければならなかった。

小学生の頃、ソロバンの時間があった。私は、同級生たちのパチパチという音を聞いていただけだった。教師は、いづれ軍人になる少年にソロバンは要らないものと思っていたのか、何も言わなかった。少年の心にもそんなものに用はないという多少の慢心があった。

会計事務所で、昼中に書いた数字を家へ持ち帰って遅くまで筆算で計算し、少しはソロバンも動かしてみた。子供の頃、一生懸命ソロバン玉を弾く少年たちを頬杖をして睥睨していた罪を償うことになった。これは無我とは違うものの、寝ることと、食べることも忘れなければ出来なかった。

やがて、N君という不良少年が覗きにきた。不思議にこの不良少年は計算が上手かった。N君は公務員だったのか、雇いだったのか、どこかの地方事務所に勤務しており、帰りは五時だから、私の仕事は、まだこれからという夕暮れに現われて、私の計算書類を見てまたたく間に数字を並べてくれた。

彼は、野球も、卓球もうまかった。卓球は面白い程球を拾う名手で、どんな球を打ち込んでもカットして返してくる。私が打ち損うと、にやにやして又はじめる。私が、止めない限り、彼の方から止めるとは言わない。乱暴者の顔はこの世の風雨をしのぐためで、本心はやさしい男だった。

藁半紙を拡げて、大きく十の字を書く。上段と下段に別かれた眞ん中に縦に一本の線が入った形になる。

四角形が上段に二ツ下段に二ツづつ四ツ並んでいる。これは子供の頃遊んだテニスボールの「大元」と同じ形だ。「大元」の縦の線は宇宙で、横の線は現実だと考えられる。そこで先ずその左上段に、現金三十萬円、右上に資本金三十萬円と数字を書き並べる。これが始まりである。次ぎに現金に一千萬円を加え、同時に右下の四角に、売上として一千萬円と書く。それから左下に仕入として八百萬円、給料として二百萬円、修繕費が三十萬円、旅費二十萬円、交際費二十萬円と置き、その合計一千七十萬円を右上段に現金として置く。これは左上の四角の現金から相殺する――差し引く――。つまり現金を減らす。この計算では現金がマイナスになってしまう。手許の現金がマイナスになることは現実にはあり得ないから、きっと借入金があると推理できる。そこで、借入金百萬円と右上に置き、左上の現金に百萬円を加えると現金は残高として六十萬円になる。

ここで「大元」の眞ん中の線の左側を合計すると上欄、下欄の合計が一千百三十萬円になり同じように右側を合計すると、やはり一千百三十萬円になる。

これで実際の商業取引が全部であれば複式簿記でいう取引は終了する。つまり、簿記の取引とは結果としてこの数字を置くだけのものになるのである。しかし、この結果には抜けているものがある。それは在庫という仕入れた商品の残品である。

子供の頃、ゴム毬で「大元」という子供のテニスをやったが、この「大元」のような四角の枠に数字が収まるのが複式簿記というもので、小宇宙の「大元」つまり生命だと考えられる。「大元」の左上に商品の残品、実在品百萬円置き、同額を「大元」の右下の枠に棚卸品百萬円と置く。これで「大元」の、つまり宇宙は完成する。ここで、「大元」の「大」上半分だけを集計して左と右を比べると、左側が三十萬円だけ多い。「大元」の下半分の「元」の枠も計算すると、今度は右半分が三十萬円多い。

この左側を「借」方とい丶、右側を「貸」方という符号で呼んでいるのがつまり「大元」という宇宙のきまりで、これが、複式簿記の原理なのである。

複式簿記の要点は、この上段と下段の差額の金額三十萬円が宇宙の原則で必ず一致することである。この場合は上段、下段の借方、貸方の差額三十萬円でそれが取引結果の利益ということになる。

今、ここでは計算結果だけを並べてみたが、実際は毎日の商業取引を一年中集計して、ここに示したような結末に至り、商業取引集計の結果、利益だとか損失だとかがわかり、もし利益があれば、その利益には税金がかかる。国家との約束事はつまり宇宙の法則で、こういう計算になる。そこで国家は、いつの間にか「大元」という宇宙の原理に則り、うむを言わせず、国民に社会で生きる場を与えているような装いの下で、同じ原理で税金を取る。

ところで、その税金の計算が宇宙の法則だなどとツユ知らず私が生きるために迷い込んだのがやはり運が華蓋《がガい》にあってしまったということなのだろうか。

簿記の取引はおよそつまらない、退屈なだけのことであるのだが、それはつまり「大元」宇宙の法則がつまらないということで、そのつまらない法則の上でとにかく先ず会社を創らなければならないのだった。会社をつくるといっても、木や粘土で作るわけではない。会社という言葉は今日では子供でも知っているが、会社がどんなものであるかとなるとこれもなかなか判り難い。会社というものは目に見える、山や川のようなものではなかった。

それは、観念上の存在ではあるが、愛情とか憎悪のような、皮膚に染みるものでもないから、社会との約束ごとを記憶する手段だと言っても、やはり判り難い。

まあ、しかし、毎日ご飯を食べるということは、このつまらない刻々失われて行くような時間と引き替えに得られるもので、毎日紙とペンとソロバンの他は、自から書き識るす数字だけが日常を完全に占領し、働くということは今日でいう日曜日が、毎月の始めに一日だけ、あとは朝八時に出勤してヒルはうどんだったりそばだったり、一番安いもの、何の具が少し入っていたか思い出せないものをすすり、夜は八時になると、左手の指を折り、九、十、十一、十二、まだ四時間ある！　その四時間で今日やらなければならない仕事は、そこまで進むのか。と、これはまだストレスなどという言葉のないときのことである。

小学生の頃、千葉県船橋の海岸で遠浅の干潟で遊んでいて、ふと気が付くと潮が満ちてきて、すぐ後まで小波が迫っている。ツヨさんというねえやと素早く目くばせして、その度びに驚きあわてて岸辺へ逃げ帰った。毎日同じことを繰り返し、子供心に、人間は駄目だなあ、たとい溺れて死んでも、何か感得することはあるのかなあ、と思った。

ツヨさんは新潟、親知らず子知らずの海岸が故郷で、地名の通り親と兄弟をみんな海にとられ十三歳で私の家にきた。

遠浅の海辺の満ちてくる潮のように毎日きまって夜八時になると仕事机の前で背を伸ばし、左手の指を折り数える。まだ四時間ある!。

いったい何故こういうことになるのか、日本は戦争に敗けた。戦時中に無理に無理を重ねて、モノもカネも何んにもないオンボロ国家が、乾いた手拭を絞るように、素貧寒の国民から税金を取らねばならない。しかも、今では税金は国が取るものではない、国民が進んで納めるもので、タックス・ペイとか言うのだそうだが、昭和二十四年六月、恰度、私が会計事務所に入るのを少し先廻りするように、日本に国税庁が発足し、時を同じくアメリカから、シャープ博士という人がやってきた。博士は漸く焼け跡にウサギ小屋が立ち並び出した日本社会で生活の波間に浮き沈みしている国民の残滓に、名前の通りシャープに剛球を投げ込んだ。

シャープ博士は日本の税制に自主申告制をとり入れた。つまり、税金は自分で、自分の税を計算し、きめられた期限までに自から納税するという制度である。

国家はお上であり、何でもお上のいうことを上目使いに伺って、身を屈めるようにして、一瞬のうちに損得の判断をし、胸の奥底のものは知らぬ顔をきめ込むのが民主主義に看板をつけ替えた日本社会の慣行であったから、何よりも申告納税制の期限のように内容とは関係がなくはっきり目に見えるものは、とりあえず守らなければならないのだった。

納税者、つまり国民が、義務として行う納税のための書類を作成するのが、食うために私が直面した仕事だった。この俄か事務員が私だということは、これはかなり大変なことで、子供の頃父親から受けた竹馬の特訓などと較べものにならないことだった。

しかし、私には、この大変さがあまり身に堪えなかった。

まず、まるで知らないことをやるのだから出来なくても当り前だと思えば、判らないことは何でも聞けばよい、恥ずべきことは薄紙一枚程もない。それに、こんな俄か事務員を何も数奇好んでやっているわけじゃあない。戦争に敗けたからやってるんじゃあないか、そのとき私は宇宙の原理でやっていると思っていたわけではなかったから、極寒の朝でも七時半には出勤して、去日のコークスの燃え殻を拾って、先任者たちがくるまでに室を暖めるのも、何事も教えて貰わなければわからない身だと思えばこそであったのだ。

それにしても、先任諸氏は、何をきいてもい、返事がなかった。

つまり、シャープ博士の大改革は、誰しも日本の社会で未経験のことであり、それは日本社会の常識の中に希薄な合理主義が土台となっていたからだった。

昭和二十二年度から、所得税・法人税が申告制になっていたものの、昭和二十五年に「青色申告制度」ができた。つまりウソはつきません、心は青空のように澄んでいます。ということになった。法人税は証拠主義で、帳簿を備え、金銭の出入りはすべて証拠書類を保存してそれに拠らなければならない。その上営業用の固定資産、つまり減価償却の対象になるような資産があれば、超インフレに対して資本を増強するために資産再評価法が施行された。その当時は日本の会社の資産の中には、湯呑茶碗五百円とかソロバン三百円とかいうものが計上されてあり、資産再評価法で評価替えを行って、評価益に対して再評価税を払えば、金額の膨張した資産の減価償却費が認められるというシロモノだった。

しかし、何といっても俄か事務員の仕事の主体は会社の帳簿を作ることだった。

いくら戦争に敗けたからと言っても、毎日〳〵時間とのたたかいで、落着いてモノを考えるヒマもないし、いくらおいしいもののない時代でも、食べものの味もわからない。たゞカレンダーが何枚も回って、事務所内で独立を認められると、特別の呼称はなかったが職場内独立の地位が与えられる。独立というのは、日本がアメリカから独立するように、自分で自分の糧食を得るという意味の能率給になることであった。

どういうことかと言うと、自分が担当した顧問料の三〇％が受取分になる。会社の顧問料は、一件当り月二千円くらいだから戦時体制の月々火水木金々で働いて五十件担当すると十萬円になる。その三〇％は三萬円である。その当時普通の事務員の給料は男性で五千円、六千円くらいだったから、私の初任給三千円に比べるまでもなく、これはかなり高額だということになる。ところが、これには更に仕掛けがあって、その三萬円から、助手に使う女子職員の給料を差し引かれることになっている。女子の給料が四千円とすると、二名で八千円で、給料の手取は二萬二千円になる。事務所の先生の取分は七〇％で、それ以上は減らない。強いて言えば、当時購入した、先生専用の自動車、電気自動車オペルの運転手の給料は誰からも差し引けないから先生の負担になる。

この仕組みは、どのように作用したか。一つには顧問先に対し、引き受けた仕事があたかも担当者個人にすべての責任があるように思われる。どこをどうしても期限に間に合わせなければならない全責任がかかる。まあ下請企業の責任である。それで、帳簿を作成するため伝票を書いている時間がないので、最初に書いたような、「大元」の宇宙に集計をして、利益又は損失の申告を済ませて、助手の女子職員が、後から伝票を起して帳簿をはじめから作る。これが、半月くらいかかって、宇宙の「大元」の表とピッタリ合うのだから、われながら内心で快哉を叫ばずにはおられない。この本来当り前のことが、ただ合いましたなどという生易しい感情ではない。まだ見ぬ恋人に約束通り出会った以上の感動があった。

次に、そんな喜びにも増して、金銭の問題がある。私のように、お金は不浄のものだと思い込んで育ったものでも、現に生活には火がついたまゝである。他の人も皆それぞれ事情はあるであろう。皆、黙々と金のために仕事をした。五十件の顧問先が担当なら、平常の毎月の仕事の外に月に四、五件の決算を組んで、納税額の申告書類を作成しなければならない。それも、たゞ計算するだけでも大変なのだが、その上で、出てきた答えは、納税額に直結している。これが全く思うような金額が出てこない。依頼先の会社の社長が納得しない。意見はいつまでも堂々巡りをする。時間は迫る。

事務所の職員で、職場内独立を認められた者は、次ぎ次ぎに結核で倒れて行った。市村さんという、一番の古株で、口達者で、所長の大先生も一目置いていた人が、突然出勤しなくなった。

「市村さん、どうしたんだって」

私は、誰ともなく周囲に聞いて見た。

市村さんに仕事の方で教えて貰うことはなかったが、間違い電話がくると、

「ハイ、火葬場です」と、真面目に答え、

「アーそこはですね、四二一九（シニイク）番ですよ」と本当の火葬場の番号を教えて何事もなかったように仕事を続ける人で、灰色がかった事務室の空気にほのか

な風がたつように思われた。

「入院したんだって」

市村さんは、帰ってこないだろうと、黙っているだけで皆同じことを考えた。

「結核って、どうなの」

田村節子のカン高い声がひびいた。

彼女は、青島さんという、仕事のできる青さんの助手で、二人はデキていると、皆がいうが、私はデキていると聞いて、確かに二人は仕事がよくデキるので、意気が合っているんだと思った。

鈴川道夫、淺田栄、内本直樹と、市村さんの後を追うように姿を消したが、大先生には、全く心配顔はなく、夕方五時すぎると
「そいじゃあ、頼んだぞん」

と、横に堂々と洪い奥さんと一緒に文字通り奥へ入ってしまう。

うどん一杯で、八時になると、まだ四時間あると指を折り、内本さんの次ぎが私だなどとは思いもしなかった。

肺結核という病気は、結核菌が肺の中で病巣をつくり、予防法も治療法もなかった上、空気伝染するので、亡国病といわれた。発病は栄養状態が悪く、その上に過労が重なると、結核菌に対する抵抗力がなくなるのが原因で、横着の出来て、生活に余裕があり、栄養充分なら、罹患もせず、発病してもすぐ死に至るものではなかったが、普通世間では発病すると、急がずともまず死は免れぬものと忌られていた。

戦争中の日本の軍隊も地方から召集された兵隊は、百姓だと言っても充分食べていない者が多かったので、その上、戦地の泥水、風雨にさらされ、夜寝ずの行軍が続いたりで、結核で倒れるものの方が、敵弾に当るものより多いとさえ言われたくらいである。

A事務所は、その当時の日本社会の平均的な存在として、人使いは荒いといっても、それは普通のことで、それが、当時として、反社会的であるとまでは言えなかった。しかもA先生はいくら法律にきめられたこととはいえ、奥さんが握っている財布から、職員を健康保険に加入して二分の一の保険料を負担したのは驚くべき出来事であって、そのために、市村さんはじめ、傷病手当金が、給料の六割で、独身者でも四〇%、入院費も健康保険が適用されるというので、明日、あさってが危ないわけではない病気なのだから入院者がでて暗いはずの事務所は反って明るくさえなった。

それよりも、一人前を以って任じている職員が急に出勤しなくなれば、事務所として顧客から引き受けている仕事を他の誰かがやらなければならない。

あまり知識が確かでない新任の担当者は、何をすればよいかわからない。これは一見さぞ危っかしいことに思われる。ところが、そこは渡る世間で、肝心要のお客の方はもっとわからない。とにかく書類はでき上る。法人税は国税で、他に地方税である法人事業税や法人市民税を合わせると最高税率が五〇%以上というすごいものになる。利益百萬円で、税金は法人税に事業税や法人市民税を合わせれば五十萬円以上にもなる。つまり国家という博奕場で場代が五〇%と考えればわかり易い。納税者はけげんな顔をしながら、金をかき集めて納税する。一方、税務署員の方も調査能力のある者は少ない。それに申告件数がいくら多くなっても、税務職員の方は急には人員が増やせない。調査する人手がない。調査官の中には満州から引き揚げてきた大陸浪人のようなのもいる。調査ができなければ、いくら元の申告がいいかげんでも、それはそれで一旦は通ったことになる。

まあしかし、何年間分も後でしっかり調査されて、間違いを指摘されると、本税の上に加算税が課せられる。悪質な脱税と認定されると重加算税がかけられる。こうなると税金が百パーセント以上という大変なことになる。何よりも、それは誰が納めるのか、当然納税者本人が納めるのだが、納税額がそれでよいかどうかも納税者には判らない。ただ、結果は国家がきめるわけだから、それは当然国家権力の行使で、税務署員がきめる。納税者は不服申立てもできるし、再調査の請求もできるし、行政訴訟だってできる、ことになってはいる。日本は法治国家である。租税法律主義である。やみくもに、無闇矢鱈に税金が課せられることはないと国に表札があれば書いてあるだろう。しかも、それは収入から必要経費を差し引いた残りに課税されるのであるから、すべての取引を全部現金に置き直せば、あの「大元」の宇宙では確実に課税額だけは、お金が残っていなければならない。しかし経済計算はそんなに単純ではない。ほとんど一人残らず社長は

「そんなお金が、どこにあるんですか」

と、いう。

「あなたが、どこかに蔵しているんでしょう」

とか

「どこか女の人のところにあるんじゃないですか」

などと言うわけにもいかない。

だが、お金がどこへ行ったのかは「貸借対照表」を見たくらいではわからない。

この際私の人生の貸借対照表も考えて見ると、「借方」が国家で「貸方」が運命ということになる。これはしかし私の哲学のバランスシートであってこれまでの私の人生のしょうがないを集計するとそれは「借方」に計上される国家に対する債権である。実際の私は生命があるだけだから、この借方に相応するだけ「貸方」に運命という債務があることになる。もしこの国家に対する債権を返して貰えば運命という債務が返済できることになる。これを恰度複式簿記による取引の誘導的な集計結果であると擬制すれば、宇宙の「大元」の法則であるから誤りはない。しかし、このしようがないという債権を回収して、運命という債務を返すという、これは宇宙がそっくり上演できる大きな劇場の片隅で小さく演じられている悲劇である。

「娑婆のことは娑婆で収まる」

と、いうのは、「金のことは金で収まる」ということで、かりに超過累進税率が七五％というべらぼうであっても、経済学はマクロのものだということは、やがてそれでも年月は過ぎて行くということであった。

他人のものを盗むことをドロボーというが、とられる奴のことはベラボーというんだ。詐欺の被害者に対し、警察官はうんざりした顔でこういう。しかし、戦後の日本は何かとベラボーで、税金も国民の眼からはベラボーであった。

爾霊山

日本の近代社会の原形は、日露戦争の二〇三高地にあると私はいつも思う。累々と屍を踏みこえて進む日本兵は、いったい勇敢だったのだろうか、などと帝国軍人の息子が言ったのでは、いけないか、と思いつゝ、私はいつもそう思う。

食べて行くために、私が組み込まれた日常社会も、鳴いて血を吐くホトトギスで、税金を払う人も血を吐く思いだろうが、税金を計算する者は、過労と栄養不足で、ある日突然血を吐き、不治の病、肺結核患者になった。

「会計事務所でそんなことをしていると病気になるよ」と誰かれとなく私は言われていた。

「病気になるかならないかは、不確実な未来のことだ。今ここでしなければならない仕事は現実にあるんだ。だから、今やるべきことをやるんだ」

と私は心の中で答え、心配かけて済まないねえと頰をこわばらせて笑って見せた。私の実存主義がそこにあった。

勤続五年。私の順番がきた。病院のベッドで背を伸ばして見ると、何故こうなったのか、私には他人ごとに思えた。

いつ治るか、そんなことはまるでわからない。周囲の先輩たちが次々に結核で仆れて行くのを見ながら、それでも自分の守備範囲から退くことなど考えず、倒れて行った人の後に続いて行く。これではまるで二〇三高地で死んで行った日本兵と同じ文化を所有しているということになる。つまり今日一日食べるためにだけに働くことに疑念はないのか。そんなことは私は全く考えなかった。

アルベール・カミュとかジャン・ポール・サルトルとか洒落たことを言わなくても、私の毎日がそのまゝ実存主義ではないか。

今日一日が、とにかくベットの上で済んだ。あれ程追いかけられた仕事はどこへいったのか。健康保険のおかげで、一年半は傷病手当金が貰える。通常半年のものが、有難いことに結核は特別に一年半支給される。単身者、つまり妻や子供のないものは、給料の四〇％、既婚者は六〇％である。

日本の日常は、二〇三高地だけではない。地震のように大きな振幅がある。戦争や、公害問題では国民を人間として扱っていないように見えるその同じ国で、昭和十三年に制定された企業医療保険は、私にとっては夢のまた夢の世界で、能率給で倒れるまで働いた私の給料は二十歳をすぎたばかりの若者にしては、医師が驚くような高額だったので、血を吐いて動けなくなることと、突然発熱してベッドに寝ていればよい境遇とが、一枚の紙の裏表のように、不運の幸運でそれは、めくってもめくらなくても一枚のものに変りはなかった。

私の結核には他にも不思議な運というものがあった。そのもう一つの幸運、それは結核に治療薬が出現したことであった。

明治、大正、昭和と、戦争が続いた日本にはかくれたもう一つの戦争があった。それが、私を夢心地にさせた結核である。この不治の病は戦前に樋口一葉二十四歳。梶井基次郎、織田作之助、国木田独歩など名だたる作家がいずれも三十歳台で死んだ。

医療保険があったとて、当時は治療薬がなく、裕福なものは堀辰雄のようにサナトリュームで静養することもできたが、それでも四十九歳で死んでいる。

結核の治療は自然療法の他、芹沢光治良の「パリに死す」で有名な、人工気胸療法がある。これが戦前唯一の外科療法で、肺結核の治療は転地療法とこの人工気胸療法とが双璧であった。

肺を蔽っている肋膜に針を刺して空気を送り込み、肋膜を膨らませて、肺を圧迫し、肺の中の結核菌の活動を抑え込むという方法で、人工気胸療法は、肺結核患者の二五％が助かると言われた。

だが、気胸療法がなぜ二五％なのか。肋膜に空気を送ることで、胸水が溜り、膿胸になる。

こうなると、太い注射針で膿水を抜くほかに療法がなく、生涯寝たきりを覚悟しなければならない。

それでも人工気胸で二五％救われるということは、たとえ文献の上だけでも、結核患者にしかわからない希望であり、同時に七五％の賭けであった。

「坂上さーん」

担当の女医が、大きな眼鏡をピカピカさせて病室へ入ってきた。

「来週から、気胸を始めまあーす」

何事でもないように明るい声で、いよいよ、ですよ、と言うように、にっこりした。

しょうがない。幾度目かのしょうがないが私を無言にした。

戦争に敗けて、中学へ入学するとき、成績表が十八名の受験生のビリから二番目になったこと。三年すぎて、わが家にお金が全くなくなり、その学校を退めたこと。浜松へ出稼ぎに行って鉄の部品を載せた手押車を背中の汗が滴るのを首すじの後で数えるようにして押したこと。会社が倒産して家に戻り、「資本金」が何んのことか知らず会計事務所で計算書類を作ったこと。夜中に書いた帳簿を明る朝見ると、数字が罫線の上を踊っていて、とても読めるものではない。それでも不思議に計算は間違っていない。なぜ、こんな仕事をしなければいけないのか。生きるということは、しょうがないなあと思ったとき、血を吐いて、病院のベットの上にいたのだ。何もかもしょうがないとしか表現できないことの連続。それが、しょうがない私の青春ということになる。

人間の耐久レースのようなこの青春が五年すぎ、喀血とともに、会計事務所を卒業した。次ぎに迎えられた運命は、来週から気胸をはじめるときまったその週末に、突如として、抗結核薬が保険適用になったことである。私は脇腹に針を一度も刺されないうちに、たゞ内服薬を飲んで、ブラブラしていればよいという、これは結核貴族とでもいう身分になった。

「パス」(PAS＝パラアミノサリチル酸)「ヒドラジド」(＝イソニコチン酸ヒドラジド)という二種類の抗結核化学療法剤で一九五二年に発表されたものが日本の医療機関で幸いにも一九五四年(昭和二十九年)に保険適用が認められることになった。

「パス」は掌に軽く一杯くらいが一回分で、口の中が顆粒の薬でいっぱいになり、ムッと噎《むせ》ぶ感じは、義理にもおいしいとは言えない。「ヒドラジド」の方は、少量の散薬で、これは何でもなく飲める。非常に薬効も高いと医師から説明を受けた。

肺結核というのは、普段は痛くも痒くもない。働かなくても三度の食事は、それも病院ではベッドまで運んでくれる。中には、その飯がまずいといって棒キレをもって、院長室へ押しかけた者もいる。院長が、なんとなく金太りのように見えるのが、いけないのだが、自分でオレは金太りだなどと思っている人はいない。

人工気胸をしなくなった私は、パスとヒドラジドの他にストマイ＝ストレプトマイシンも保険適用になって、三者併用となり、結核は療るものと考えられるようになった。

患者は自分の身でお金を運んでくる生き物だから、院長は、にこやかに診療をする。

レントゲン写真を電光器に裏表反対に差し込んで

「きれいになりましたねぇ」

と、まるで病院の宣伝部長のような顔もする。

「先生、それ、裏表反対ですよ」

と、私は思わず言ってしまった。私は右肺に病巣があるから、レントゲン写真には左側に写し出される。裏返しに見れば、病巣のない左側の肺が、そのまま右側に写るから、病巣はかげもない。これは、キレイである。

まあ、病院とは、こんなところでもあるのだが、戦後の社会は、お金が第一だから、これでよいことにしなければいけない。

会計事務所の先生は、公認会計士というまだ世に寡い資格で事務所を開き、資格のない職員を使って仕事をするのだから、収入の七〇%を当然のこととして自分の懐に入れる。残りの三〇％を多勢の職員が賃労働の対価として分けあうことになる。職員は三〇％と引き替えに寝る間も削って働くのが当然のことであり、次ぎ〲に結核で倒れて行く。有難い健康保険で病院では歓迎され、レントゲンの裏表を間違えればキレイになった肺。つまり、治ろうが治るまいが、運命というものはしようがない。

一番よい事は、看護婦は皆若かった。殆んどが、中学卒で準看護学校へ通っている住込みの見習看護婦だった。これなら賃金も安い。

ひなちゃんと呼ばれる可愛い看護婦がいた。にこにこえくぼがやさしく、父親は日雇い労務者だが、吉田玄二郎の愛読者。昔の商業学校を出ていて、日雇仲間の手紙の代筆なんかしていると言っていた。

ひなちゃんは誰からもひなちゃんひなちゃんと人気があったが、そんなひなちゃんが、ある日、真面目な顔で、声を低くしていった。

「うちの病院は、ストマイを半分しか打たないのよ」

それって、どういうことかと言うと

「普通一クール打つ注射薬を、うちの病院は半クールしか打たないことになるんだけど」

「いいのかしら」

ひなちゃんは、何か重大な知ってはいけないことを、小さな胸に抱き込んでしまった困惑から、悲しさの混じった顔をした。

「ひなちゃん、あなたが心配することじゃあないよ、病気が治るか治らないか、もっと他のところできまることもあると思うよ」

「うん」

といって、ひなちゃんはうつむきながらにっこりした。

私はひなちゃんといつからこんな話をするようになったのだろうか。

パス、ヒドラジドで助かる見込みが立ったとは言え、年月はかかるし、助かる保障は何もなかった。自分の子供が転んだのと、他人の子供が死んだのと、その驚き方は同じくらいだというけれど、あんなに、夜も眠ずに仕事をして、全く勝手に仕事をして、病気にでもなられちゃあ迷惑だと、これが、他人の本心だとわかっても、腹を立てたところでしょうがない。

松山ゴムという、私がはじめて株式会社を設立した。それも資本金三百八十萬円の資金は、全部松山商店個人で得た利益ではあるが、その中の大半は、終戦時軍隊が残して行ったゴムを加工してゴム長靴を作った利益だった。材料が、タダなのだから、儲かるのは当り前で、しかし、税務署にさえ知られなければ、自分の金になる。資本金の大半が、旧陸軍の置いて行ったゴムであれ、その金が正当に、会社の資本金に化ける方法はないか。

元陸軍の退役将校で松山ゴムの部長格の山口さんが取引先をせっせと廻って、二萬か三萬円づつ預けてくる。預けてきた金を資本金としてその預けた人からその人の名で、資本金の払込金として銀行口座から振り込んで貰う。百人頼めば二百萬円の資金は一旦は、少なくとも表面的には松山ゴムの脱税した資金つまり裏金ではないように浄化される。行く〳〵その資本金を預った人が、居直って、コレはオレのものだ、と言われれば仕方がない。どうせ税金を払っても五〇％近くはもって行かれる。同じことなら、まだしも名義を借りたものは、全部がなくなることはない。

松山ゴム株式会社は、立派にでき上ったが、脱税共犯者ともいう私は、肺結核になり、会計事務所を退職した。

退職金はもちろん無い。松山ゴムからはお見舞と称して、革靴一足を貰った。松山ゴムは、いつからか、革靴も扱うようになっていた。私は革靴を履いて歩き回ることもなく、靴はそのまゝで食べることもできない。

S病院を退院して、通院するようになると薬を貰って帰るとき、ひなちゃんが見送ってくれる。

まっ直ぐの帰り道を歩いて、振り返ると、遠くの方で、ひなちゃんは一心に手を振っていた。

退職金がなくても、クツ一足の見舞でも、ひなちゃんが手を振ってくれていれば、それで、私のしょうがない青春は充分だった。

私の病気は化学療法で、かなり快復したかに見えた。

その頃、私を自衛隊に招いてくれる話があった。病身のこともあって、私は優柔不断の気持ですすめられるまゝに自衛隊の会計隊を受験し、面接も受けた。しかし、会計隊とは言えあまり立派な人とも思えない上司になるべき人に敬禮をしなければならない。その姿を見て、やっぱりこれは駄目だと思った。結核が再発したといって、断ったが、会計隊長という人から鄭重な巻紙の手紙がきた。その人はその後淺沼さんを刺した少年の父親であるという人だったが、文学を解する立派な人だということであった。

その間、昭和二十八年に軍人恩給が復活したが、実際の支給はかなり遅れた。母は何も言わない人だから、私は全く知らないことだった。昭和三十年には次弟が高校を卒業して、勧業銀行（現みずほ銀行）に入行した。銀行というところは、貧乏人の子供を雇わない。今、住んでいる家は、どんな家か図面を提出せよという。その上で、実在を見届けにくる。私の家のようなバラック同然の家では合格できない。当時勧業銀行の支店次長に内藤さんという人がいた。内藤さんは京都大学卒のエリートだったが、転勤してまで支店長にならなくても、家から通える方が良いといって、ずっと支店次長のまゝでいた人だった。

内藤さんは、私の家の図面を大きく書いてくれた。その上、その図面を見極める役も、次長としてやってくれた。

こうして片親ない子弟の入行第一号として次弟は勧業銀行T支店へ芽出度く就職し、一年を経ずに東京へ転勤した。

それより先き四ツ年上の姉は女学校をくり上げ卒業して、幼稚園などで働いていたが、千八百円ペースではじっと手を見るまでもなく働いても生活できない。草葉さんという遺族会を根城にしていた厚生族の大臣の世話で、上京し、厚生省に勤めた。

その頃やっと父の恩給が貰えるようになり、私の家は漸く収支の目途が立つようになった。

母の恩給を担保にして、国民金融公庫で借金して、どうやら東京に一間だけの根拠地ができた。そこで、一家はあげて東京に移った。母は、田舎にいて、みすぼらしい暮しぶりが恥かしいからと、真先きに逃げ腰で、安堵の面持だった。

末弟は東京の工業高等学校へ転校した。

恩給を担保にした国民金融公庫の借金と、それ以前のわが家の苦闘の残影でもある公設質屋の借金と、病人ながら、見かけは一人で生活できる私がこゝT市に残って、借金の返済に当った。つまり、傷病手当金のついている私こそが借金の担保だった。

私は、何となく面白くなかった。しかし、次弟、三弟がせめて高校へ行くためには、私が学校を退めるしかしようがなくてこうなったのだ。私は弟たちの犠牲になったのだなどと考えたわけではなく、ただしようがなかっただけのことだが、その結果、私にめぐってきた、いわば負の報酬は、私の心の中で、弱火でブツブツ泡立っていた。

それから何十年かすぎて、銀行の弟はリース会社に移り、東京で支店長になった。三弟は、大手の機械メーカーから、出版大手に移った。

家中が揚げて東京へ去ったとき、私は少しばかりの鬱憤を毛筆の手紙に認めたが、投函しようとすると、遊びにきたひなちゃんが、私の母宛てのその手紙を見て、

「お母さまに、こんなお手紙をだしてはいけませんわ、私に出来ることなんか何もないかも知れませんが、私はどんなことでもしますから、どうか、この手紙は出さないで」

私の家のいわば家庭内争議は、ひなちゃんの、純真＝真剣な眼差しで何事もなく

納まったが、東京へ去った母も兄弟たちも、当然、そんな経緯など知らなかった。

ひなちゃんの善意は、何年か後に追い銭のような形になって私は因われる。

私がせっせと、僅かづつ借金を返している間も、私はときどき少しづつ血を吐いた。私の人生は「しようがない」でかたづく習慣ができていたから、その間、末弟が年末に送ってくる立派な会社のカレンダーを受取って、上京組の唯一つ健丈のよしなとしていた。

ところが、そのカレンダーは、必ず自宅に送られてくる。私の生活は、殆んどが事務所であるから、日中配送されたカレンダーは不在票をもって郵便局へ受取りに行かなければならない。

ある年の暮、私は郵便局へ受取りに行かなかった。三弟からのカレンダーは、それっきり送られてこなくなった。

またあるとき、何かの言葉の撥みで、私が一人犠牲になったのではないかといったことに対し、次弟の銀行員から、部厚くタイピングされた封書が届いた。かれの言い分は、

「東京で生活して、結婚して子供を育てることが、いかに大変なことか、更に、高卒くらいで銀行に入り、お陰さまで、入行から今日までエリートの大卒に挟まれて、毎日〳〵がいかに大変であるか」

と、まるで学歴だけで出世していく者への鬱憤をバケツに汲んで、私にぶっかけるように言い放った。

弟の言い分は、「高校くらい出して貰ったところで、どうということはない。銀行へ来てごらんよ、立派な大学卒がいくらでも居る。どんなに肩身がせまいか。夜の酒席だって、昼間の続きなんだ。酒が飲めるかどうか、酒がおいしいかどうか、そんな問題じゃあない」

彼は、まるで私が働いて、それでも漸く高校を出してくれたために、大いに迷惑をしている、兄貴の世話になったおかげなどと言う覚えはまるでない、と言うのだった。

だから、あのとき、ひなちゃんが止めた手紙を出して置けばよかったのだ、などと、ひなちゃんもいないない今頃になって思ったりする。

S病院を退院。A事務所を退職した私には、しかし、健康保険証が必須の必需品だった。

そんな折、母の女学校の友人だという佐藤さわさんという聡明な婦人の紹介で、さわさんの義兄の弁護士に、会いに行った。

初対面の失業青年は青白く緊張していたが、その弁護士さんは、チラッと私を見て、

「明日からでも、いつからでも、ココへいらっしゃい」

と、言うと、むつかしそうな顔を少し綻ばした。

私の健康保険証は、S法律事務所になった。これさえあれば、当面困らない。私にはそれくらいの考えしかなかった。

毎日出勤するところはできた。昭和三十二年三月九日。新しい健康保険証と厚生年金証書ができた。

岸内閣になり、東海村の原子炉に原子の火が点火したのとは何のかかわりもないことだった。

ところが、私は新しい事務所へ朝何時に出勤すればよいのか、S先生は、「明日か

らでもいらっしゃい」といわれたが、何時に来いとはいわれない。秘書のような女性に、おそるおそる聞いて見たが、その女性は上衣をふくらませるようにして乳房の大きさを確めるような仕草でにっこりするだけで返事がない。

「借」と「貸」のところで、宇宙の大元のことを書いたが、そのとき、大元には縦と横の線を画いた。しかし人生の、大元には線が見えない、色も、音も、触ってもわからない。どうやら、私は大元そのものの事務所へ来たらしかった。

つまり、出勤などというものは自然に振る舞えばよい。日曜日には誰も出てこない。しかし、S先生自身は、ときどき日曜日にも出勤?して、何かむつかしい訴状のようなものを書いている。

だが私が、そこへ現れたりすれば、忽ち、碁盤を囲むことになる。

S先生こそ、無我の愛＝社会主義＝の河上博士の弟子であるのだが、別に河上肇の著書を推められるわけでもなく、S先生自身が河上博士から薫陶を受けてマルクス経済学に精通されていても、マルクスとかエンゲレスとかを口に出されることもなかった。

「先生、法律というものの原点は自然法ですか」

あるとき、私はこんなつまらない質問をした。

「キミー法律は社会学だよ」

先生はチラッと私の方へ目を向けて、そのまゝ何も言われなかった。

まあ、私に話してもしようがないというペシミズムとオプテミズムの双方からだったかと今思う。同じように、S先生は叩るということがなかった。あまり怒らないので、私が半ばあきれて、

「先生は、愛情深くて叱らないのですか、それとも、どうでもよいので怒らないのですか」

と、きいた。

「キミは困ることを聞くねえ」

にっこりしたS先生は
「フグ、喰いに行くかね」

と、一呼吸おいて、語り継ぐように破顔一笑された。

法律事務所の書記のFが裁判所へ控訴の手続きを忘れたときは、事件の依頼者に詫びに行かれ、F書記を叩った。

とにかく、私は人口三十万の地方都市で、給料を参稼報酬額を七対三に分け、三の方から助手の給料差引きで支給される事務所から、自転車で僅か十分足らずの場所へ転ずることで、勤務時間もきまりがなく、給料も、誰がくれるのかわからない事務所へ転身することになった。

健康保険、厚生年金には慥かに加入してもらい、保険証も貰った。が、私が当座どうしても入用なのは、健康保険証であって、年金など気の遠くなるような先きのことは、考えても見なかった。

いったい健康保険、厚生年金の標準額はいくらで届けられたのか、そんなことにも興味はなく、S事務所で、S先生の美人秘書相手に、ひがな一日花札をしたりした。

無給の書生は、それでは生活できない。

S先生は大正デモクラシーで育った資産家の御曹司である。私は戦争に敗けた国の軍人の息子で、映画で見るような貧乏暮しをした。

法律事務所には、お客がくる。その中に税金にかかわる事件があると、S先生は、私に廻してくれる。

会社にかかわる一般の税務のことは、寝《いね》ず食べずに、肺病になるくらい勤めたおかげで一通りは判る。しかも私が勤めた時期が、恰かも日本の戦後経済、財政、税制の黎明期であり、昭和二十五年度以降商法の大改正、法人税法、所得税法等の主要法規はほぼ抜本的な改正が行われた。

A事務所在職中に新らしい株式会社法の施行があり、松山ゴム株式会社は、その新会社法に基いて設立された。会社の定款をはじめ、設立登記申請に必要な各様式は全部新らしく作成しなければならなかった。

十八歳の、少年に近い私が、証券会社から定款案を借りてきたりして、恐いもの知らずで書式の雛形をつくった。

A事務所の在職中に私は自分で作成した書式集を保管していた。退職するとき秘かにこの「私物」を持ち帰ろうと思ったが見当たらない。A先生の指図で私の書式集はかくされてしまったのだった。私はこの世に生きることのすごさを多少味わった。

そんな経緯から、当面の実務では新らしい書式を作らねばならなかったが、他に差し当り困ること、出来ないことは殆んどなかった。

S先生は、どういうわけか給料をくれない代わりに仕事をくれた。私はなにかしなければ生活できない。S先生から廻わされた仕事をすると、報酬は勝手にS先生の名前で請求し、受取ったただけは全部貰ってしまうことになる。

S先生は「あの件は、いくらで引き受けたのか」とききもしないし、報酬はいくら受取ったかなど全く無関心の容子であった。

事務所の看板はS法律事務所である。S先生は、そこで法廷で争わなければならない事件は自分で引受け、自分の報酬として所得することと、事務所の経費を賄っていた。

S法律事務所には私の他にも何人かの人が出たり入ったりしていたが、職員であるのか、何であるのか、本人だけしかわからない。

検察庁を何か事情があって退めた人がいた。そのFさんは、どうも交通事故の示談のようなことをしているらしかった。他に、Tさんという私のように税金の計算をしているらしい人もいた。頭がツルツルで、理屈ではなく経験で仕事をする人らしかった。またMさんはある組合の専務で、すこぶるつきの読書家で、かたっぱしから読んで皆、忘れてしまうという、ある種の天才で女性を集めてさかんに読書会を行っていた。

これらの人々に共通していることは、みんな左翼系であるということである。しかも、Tさんは、何でも戦前の共産党員で、Tさんは地下に潜ったときの名のままで本名ではないとかいうことだった。

それでも安保反対闘争も、岸内閣総辞職も、浅沼社会党委員長刺殺事件も、国民所得倍増計画も頭上はるかを通過して行った。

皆んな一緒に、ときどき旅行にいった。このときは全員S事務所の職員ということで何となく纏まった。

ある秋の日に和歌山の勝浦温泉へでかけた。

私は何事もしようがない主義だから、天気予報など、まるで気にしない。この寄せ集めの弥次喜多道中では天気どころか何事も気にする人は誰もいない、行き当りばったりである。

台風警報が出ていたらしい。果たして旅館へ着いて見ると、私たち一行が、最初に到着した客で、しかもその後は誰もこない。紀伊半島を縦断している紀和鉄道が、台風の豪雨で線路が流れてしまったということだった。

しかし、そのことを知ったのは、旅行に参加しなかったS先生からの電話だった。さて、それぞれ家で心配しているから、無事を連絡しようということになった。Tさんは、ただにこにこしている。

「ボクはね、どこへ行くとも言ってないから、心配なんかしていない。家に帰らないのは大丈夫、いつものことなんだ」

と、いう。

「さすが、かつての地下の闘士だ」

なる程、地下に潜るということは、必ずしも本当に土を掘って潜ることではないけれど、地下にいれば、台風など平気なことは慥かである。と座がにぎやかになる。

広い旅館の中に、他に客がいないので、女中さんたち総出で、サービスしてくれるが、この不思議な一行は、いったいどういう団体なのか。

一番年輩で品位のあるH先生に、仲居頭が恐る〳〵伺いを立てる。

「いやあ、どういう集りか、ワタシは知らないんだ、若い人たちが、私達夫婦を一緒にどうかというんで、喜んでついてきただけなんだよ」

H先生は、何の先生ですか、と行き先きで尋ねられる。慥かに私たちの一行の中では、白髪の背すじのピンと伸びた大人の風格から、旅の行き先ざきでは必ずH氏にはご挨拶がある。この世間の尺度はいつ誰が作るのか。以前軽井沢で、

「先生、いつまでご滞在ですか」

と、恭しくきかれた。

「いったい何先生に間違えられたのか」

と、首をひねったりした。

当のH氏は、

「いや、これが本当の先生なんだ」

と、胸を張って、傍の夫人に同意を求めるのだが、糟糠の妻は笑って
「カラ偉張りのせい？」

と、一言。

私たちは農協の一行ということになった。Mさんが、小さな組合の専務だったので、皆がMさんを呼ぶとき
「専務、専務」

と、いったので、私たち一同が農協になって、Mさんは自然の成行で農協の専務になった。

明くる朝、出立のときが大変である。Mさんは何せ農協の専務さんである。旅館の仲居さんたちに番頭さんも加わり、お見送りが広い玄関口にあふれんばかりであった。

いかに農協とはすごいところか。

何十年ぶりという豪雨による那智の滝のすごさは、このとき以来農協のすごさを語るものになった。

M専務の組合は、農協のような大きな組合ではなくて、同じ組合でも、企業組合という中小の事業所の連合帯のような組合であった。

中小の事業所であるから、業種はいろいろである。金物屋とか事務用品屋などは大きい方で、いかせんべいの菓子屋、荒物雑貨の小売店、寿司てんぷらの店、夫婦二人だけの洋菓子店、少し大きいのにウエハースを機械で焼いている工場があった。

この企業組合という、小事業所の連合組合は、戦後間もなく民主主義を美化して、人間の良心を百パーセント信ずるところからできたもので、それぞれ組合員は自分の事業所の売上金を組合本部に収め、そこから自主的に申告した給料を貰い、仕入代金も、諸経費も自己申告して組合で支払って貰うという仕組だった。

M専務は、好々爺という年ではなかったがあまりはっきり物を言わぬ人で、売上金と伝票を持ってくる組合員を呼び止めて

「これじゃあねえ、あなたのところは、売上よりも給料と仕入と経費の方が多くなってしまいますよ、これじゃあ、組合が困るんですよ」

と、にこにこしながら説得する。「そんなこと言われても、これで間違いないので

すよ」組合員は辞を低くして頭を掻いて帰って行く。専務はいい人だというのが、組合員の評判だった。

組合に新たに加入する事業所があれば、全体の経費管理費用の負担者が増えるので、大いに結構な筈である。M専務は専ら組合員の増加を呼びかけた。

しかし、よい組合員は入ってこない。事業者は、それでも一人前の小商人だからなかなか勁い。だが組合に不まじめな人が入いれば、その人に喰われてしまう。いい人のM専務では、そんなにキビシイ管理は出来ない。

だから、組合員は増えても組合の収益がよくなることはなかった。

それでも、比較的大きな事業所が真面目な経営者だったので、M専務の組合は持ちこたえていた。

私はときどきM専務に意見を言ったこともあるが、Mさんは、いつもにやにや笑いながら、

「まあ、それゃあ、そうですが、なかなかそんなふうには行かぬですよ」

とか言って、どうかすれば現状が変るなどとは思っていなかった。

その企業組合では毎年運動会を行った。

市の郊外にある岩屋山という小山の頂上に僅かの空地があった。そこを運動場にすれば、使用料がいらなかった。

組合は二十三軒あったが、従業員は二、三人のところから三、四十人のところもあり、総勢二百人くらい集った。

開会の挨拶は理事長のS先生が行う。S先生は当事の社会党から県知事に出たり市長選に立候補したくらいだから挨拶は即席である。当選さえすれば、県知事でも市長でも、立派な知事や市長ができるのだが、選挙は、立派な人が勝つわけではなかった。

それで大きな労働組合のような組織でなくても、たとい小さな組合でも、社会主義は一人一人の心の中から始まるものだと信じて、当選のあてのない選挙にかつがれた。

企業組合の運動会には予めきまりがないので、二人三脚をやりたい人が、もそもそ出てきてそれぞれ好きな相手と組み、何となくスタートラインに集って、ヨーイ、ドンで走る。それでも、一等も二等も三等も誰も異議なくきまる。綱引きも、好きで赤白に別かれる。この辺からこちらの人は赤で、そこから向うの人は白ですよ、いいですか。赤、白の人数など誰も確認しないが、引っぱった方が勝ちであることは、見ればわかる。

だいたい競技する中央の空地を、ぐるっと取り巻いている参加者の輪が、円でも楕円でもない、何となくまるくなっている。

国家財政など、税収もそうだが、優秀な頭脳集団が、ずいぶん、細かく計算するが、財政など欠陥のまま、税収は常に不足している。税収見積りなど小数点何位まで計算しても当らない。

人間の世界はこの企業組合の運動会の方式と、どこも、それ程違いはないのかな、とこれは、かなり高度の見識ではないかと思う。

三年がかりで、私はやっと税理士試験に合格した。

結核の続きで仲良くなった、ひなちゃんと、同棲していた私は、ひなちゃんから、合格通知がきたことを電話で知らされた。

私が少しも喜ばないのを、ひなちゃんは訝かった。

私は、この税金の仕事が、したくなかった。S先生が仕事をくれる。その仕事を引き受ける。そんなことなら、試験を受けなければいけない。しかもこの試験には学歴が必要なかった。

それで多少の勉強はした。ひなちゃんは収入の覚束ない私の境遇を、全く気にかけず、財布にあるだけの貧乏を楽しんでいるように私の生活を扶けてくれた。こんな聖い、無欲の人が、この世にいて、しかも若くて可愛い。だが、私は、他人の税金の計算をして、それもなるべく少なくなるように計算して暮す。

サルトルや、カミユはおろか、ヴォーヴォワールも読んだからといって、平穏な心になんかなれるわけがなかった。

ヴォーヴォワールの「他人の血」を共産党員を自称する税理士職員に貸したら、「キミのような考え方の人が出てくるね」と、一言がついて返してきた。

ひなちゃんの自然な無私に、私はだんだん耐えられなくなった。

ひなちゃんに何の落度もない、その落度のないのが、いつも私の胸を刺した。

もともと、他人の税金の計算で血を吐いて、その血が、ひなちゃんを呼んできたのに、私はひなちゃんと一緒に暮しているのが、まるで試験に合格したことで、ひなちゃんと別れるような形になってしまった。

学歴の要らない試験というものは、たゞ経験だけが問われるものであるから、私に受験できるということは、私のように底辺にいるもののための試験制度でもあった。私の底辺を愛してくれたひなちゃんとは、そのために気持ちがちぐはぐになったのではないか。

「じゃあ、行くわね」

ひなちゃんは本当に風呂敷一つも持たずにどこかへ帰って行った。

ひなちゃんは、どうしたのだろうか。

私は今でも、そのときを思い出す。自分がいやになる。こんなにいやになるものなのか、わからない。

私たちは勿論入籍などしていない。ひなちゃんは子供ができたときも、

「あなたの良いようにするわ」

と、いっただけで、一人で病院へ行った。

私は此の世のことは全部面白くなかっただけだ、ひなちゃんをいじめているわけではないのだが、ひなちゃんに当り散らしていたようなものだった。

ひなちゃんは、睡眠薬を飲んで、国立病院へ運ばれた。H病院長はS先生の友達で、真夜中に院長自から立ち会ってくれた。

昏昏と眠り続けるひなちゃんは、今、このときが、わたし一番しあわせよ、といっているようだった。

目醒めたひなちゃんは、

「わたしが悪いの、ごめんなさい。あなたは関係ないことなの、わたしが悪かったの」

と只管、心配をかけたと詫び続け、淋しく微笑んでごめんなさいと繰り返した。

私の周りから、色白で丸顔の靨の可愛い小柄なひなちゃんの姿が消えた。

世を渡らず

S先生の事務所の二階で、私の小さな事務所は始まった。

昭和三十五年。私は二十七歳であった。

仕事がない。かりに仕事があっても、少しもうれしくなかった。これをしなければ、生活できないという思いばかりで、自分がこれから何處へ行こうとしているのか、自分がわからない。

坂口安吾の「何處へ」を読んで、なんとなく共鳴してみたりしたところで、これは何の解決にもならない。私自身に世を渡るという意識がなくて、いったい「何處」へ行くつもりなのか。

もう少し戦争が続いていれば、飛行機へ乗って行ったかも知れない。大空への憧れなんかではない。それは身の破滅へのあこがれ、とでも言えばよいのか。生きていたくないのか、死にたいのか、ただ勇気がない。能力がないのだと自覚さえできれば、もっとすっきりしたのに、自分に対してそれ程正直にはなれなかった。

税理士試験というのは、学歴がいらなかった。五科目の試験科目を一つづつ受けることも出来た。つまり才能も乏しく貧しい者が年月をかけて受験できる仕組みになっていた。それで、私は試験の勉強をした。学歴不要の資格は、国家試験がなかなか難しいと言われるものの、やはり権威が高いとは言えなかった。若くて合格した私は「ほおう」という顔で見てはくれるが、医者や弁護士とは明らかに違う。

「お医者サマ、弁護士のセンセイ、税理士サン」単に呼び名ではなく、やはり仕事の質が違った。ときに命を預けるセンセイ、一生の問題でもある事件をお任せするセンセイ、それにむつかしいと言ってもただ税金を計算する人である。

いやいやもっと本質的なところで違って当然であった。医師になるには第一医大へ合格し、私学の場合などかなり金が必要であり、その上大学の修業期間も長い。弁護士も、合格者は有名大学に集中する。その上、税理士というのは試験合格者だけではない。税務官署に永年勤務して退職すれば税理士資格が与えられる。これは一時期簡単な形ばかりの特別試験制度があったのだが、税理士会の反対などで特別試験制度が廃止されたが、会計学の試験は必要になった。

しかし、この税務署員の税理士は、或る程度の年令になっているから、調査する側の税務署員は旧部下である。つまり元税務署員の税理士は、現実に税に詳しいばかりでなくに、調査する側に顔がある。

税理士が客商売であるとすれば、調査する側の官署に顔がある税理士と、いくら勉強したところで、若輩の経験の浅い税理士とでは、納税者はどちらを選ぶだろうか。

つまり試験で税理士を選抜する方法があるのは、なかなか辛抱のいる苦労の多い仕事に耐えられる人間にも一部門戸を開いておくことで、その業界の雰囲気がいくらか民主主義の時代に容れられているように見える。つまり世間風評のバランスの問題であるのではないのか。

その昔、汚職が発覚しそうになって退職した元税務署員の税理士事務所は目を見張る程、世間に受け入れられている。

まあ、しかし、たゞマジメにコツコツ計算するだけで税務署との交渉も平凡でも誠実であれば、それ相応の顧客があるのも事実であった。

それでも、安保反対の大音響も、岸内閣が池田内閣に替っても貧乏人は夢を喰う前に息をしなければならないことに変りはなかった。この書類が期限に間に合うかどうか、ただそんなことばかり考えて、それで日がすぎて行く。

俺は何故こんなことをして生きなければならないのか。どこか心の真底で鬱々として謐まらないものがある。その上調査権のある税務署員の行為は質問検査権という法律上の権限でことの是非善悪を決定する権力をもっている。これに対する税理士は、一般常識で対抗するしかない。しかし一般常識とはできる限り合理的に考えることでもあったから、そこに多少の論理的根拠を求めることはできた。それでも、肝腎の納税者にわかることはただ納付しなければならない税金の額だけである。

法人税とか所得税とかいうものは、法人や個人の所得にかかる税金である。謂わば「大元」の世界であるが、その「大元」の中の一取引が、機械の修繕費として認められるか、いやいやそれは修繕費と言っても、実際は機械の価値が高くなっているので、取得価額に加えるべきだという、「資本的支出と修繕費」という問題に直面したとき、機械の性能や構造は、税務署員にはわからないし、税理士にも判らない。

性能のよくわからないものでも修繕すれば費用がかかる。「通常の管理をした場合に予測されるその機械の使用可能の期間を延長させる部分に対応する金額とか、通常の管理を行ってきた場合に予測されるその機械の価値を増加させる部分に対応する金額とか、これらは修繕費用として、直ちに損金に算入できない」いったいこれは日本語ではあるが何のことだかわからなければ常識のある人であるという自己矛盾の世界である。

このような現実に応えることは真面目に考えれば、わからないとしか言いようがない。

こういう判断を仕事として行う生き方がこの世に存し、それをとにかく一応受け止めて暮すことを可能にする、これは教育の問題であるのか、生物本態の問題であるのか。

いずれにせよ、「大元」のような観念の世界が実は現実の問題として日夜私を取り巻くことになるのであった。

では会社に、税務署員が調査に来るということは、どんなことなのか。

ある清涼飲料水の販売会社のことである。

毎日の売上は大勢の配達人からの集金が、小銭でバケツに入れるくらいの分量が持ち込まれる。

中小会社の経理担当は社長の奥さんである。奥さんは集金の小銭で寝室の机の上が山積になる。そこで、社長夫人は小銭を数え、自分の所持している札束に交換して、札束で銀行へ入れるのが習わしであった。

奥さんに悪気は毛頭ない、別にその小銭をくすねて懐に入れようなんて、つまらないことを考えるわけでもない。ただ、沢山の小銭の取扱上小銭を数える手間をはぶくために便宜的に選んだ方法にすぎない。

ところが、そこへ税務署員がくる。税務署員は、納税者は皆悪いことをする。或は売上金を隠すかも知れないと思っている。

机の上に積み上げられたバラ銭も、札も、税務署員は無造作に寄せ集めて、数え上げる。

「奥さんの帳簿の残高は幾らか」

「こりゃあ、現金の方が多いではないか」

明らかに現金の多いのは売上をごまかしていると税務署員は直観する。

奥さんが困った顔をしているところへ、私が到着した。

税務署員は、いきなり、寝込みを襲うように調査にくるから、それから知らせを受けて、駆けつけるのが税理士だということになる。

「センセイ、何と言ったらいいんですかねえ」

「何言ってるんだ。ここにある金は何だときいているんだ、そんなこと税理士に聞いたって判るわけないじゃあないか」

税務署員は立て続けに言う。

「奥さん、あんたの胸の内を聞いているんだ」

奥さんはほとほと困った顔でうつ向いている。

黙ってきいていた私が、ここで口を切った。

奥さんが低い声で「現金が多いのは、両替用に用意してあった札を、売上金の集金と混ぜてしまったからわからなくなったんです」と、いうのを受けて、「現金の違いの多寡はともかく、最前からのあなたを見ていると、いきなり来るなり二階へどんどん上り、まるで罪人扱いで奥さんを問い詰めている。これじゃあ冷静な答えなどできないと思う。調査官は税務署長の代理でくるわけだから、もし税務署長なら、どうするだろうか。私も、税務署員としてのあなたの態度は見かねるところがある。ここは、一旦役署へ帰り、この顛末を署長に報告して、調査はそれからにしてくれませんか。私の方は余分にある金銭は、あなたがどう判断しようが、かまいませんから、ここは、とにかく引きとって下さい」

若い税務署員は、不服そうな表情を残したが、ここにある現金は確認したのだから、ひと仕事はすんだと思ったのか、とにかく帰って行った。

税務署の調査官に対して、こんなことを言う税理士はいない、世間というもっと大人の世界に住んでいる人は自然に人間の生きる法則を知っている。生れつき私には欠けているものがあるようだった。

しかし、この飲料水会社の奥さんは、なかなかの人物で、かつて下山事件のとき下山総裁がクルマから下りて地下道へ行ったきり戻ってこない。運転手は朝九時から夕方の五時になって、クルマのラジオニュースで総裁の行方不明を知ったという記事を見てずいぶん暢気な男もいるものだと思ったが、あるとき件の会社の奥さんが事務所にきて、いやにゆっくり話し込んだ日があり、奥さん今日は電車ですかときくと、いいえ下にクルマがまっています。とこたえられ、それで、おかかえ運転手というものがわかった。

税務署員の現況調査というものは現金が合わないことをつかめばよいのだから彼は一応現況調査の用件は充たしたのであった。とは云うものの、税務調査というのは、強権を発動して税を賦課徴収する制度の重要な行為の一部分であるから、ある意味では国家権力と国民の狡知とが、せめぎ合うことになると考えられがちである。

税務署員は、偶々脱税している業者を摘発すれば、実際には実にずるい者もいるから、納税者がすべて脱税者に見えてくる。つまり彼ら調査官は日常観が性悪説である。

若い、税務署員になりたての職員が、所得調査に出かけ、納税者の弁明はもっともだと思い役所に帰って報告したら

「バカ者。そんな納税者の言い分ばかり、本気でその通りだと思って聞いてきたのか」

と、上司に叱られ

「ボクは大変な会社に入ってしまったんだなあ」

と思ったという話もあるが、そんな普通に善良な、もともとは性善説でもあった者が何年かして、立派に脱税を摘発できる人物にこれは成長することになる。

税理士登録して数年が経った。

その間最高裁判所で松川事件の全員無罪が確定する。第一回の戦没者叙勲がきまる。今更勲章を貰ったところで何の役に立つのか、さすがにすべてにモノ言わぬ母も皇居へ受取りに行かず、市役所を困らせた。

あまつさえ、悪いこともしないのにはじめから疑われて、税務調査官の一言一言につまらぬ神経を使う仕事がほとほといやであった。が、とにかく、帳簿を作って、税金の計算をすれば生活は、できる。

そんなことを繰り返していればセンセイとは先ず生きることに間違いなかった。

毎年七月になると税務署員の人事異動がある。人事異動といったところで国税庁末端組織の税務署員のことであり、私は国税の組織すらよく知らなかった。そんなある年の七月に、若い税務署長が転勤してきた。当時税務署ではときどきあることで、珍らしいことではないが、私は始めての経験であった。相手は二十九歳の青年税吏であれば、これも署長としては初任ということであった。

初任どころか、このキャリア官僚の署長就任は彼らにとって、一生に一回のことで、それも一年だけ。つまり地方の税務署の第一線にふれること、つまり現状視察をかねた一つの経年行事だった。

税務署と税理士は概ね一月に一回連絡協議会といって官民合同の会議が行われる。官民合同とはいうものの、これは官側の民間に対する意向を、民間が承まわる会議で、これを称して連絡協議会と言うのである。

しかし、偶には、民間が官に申し入れをすることもあった。

さて、キャリア税務署長と第一回の協議会が開かれた。

この日珍しく税理士会側から特別の議題として申し入れがしてあった。

二十九歳の新任税務署長は、予め税務署の幹部から、

「今日の税理士会は一悶着がありますよ」

ときかされていた。

税理士は、会社や個人の事業家から、正しい決算を組んだ書類に基いて、法人税や所得税という、所得にかかる税金の計算を代行するのが仕事であるが、事業家、つまり納税者側から報酬を貰って行う仕事であるから、依頼者の事業家のために、なるたけ税金が少なくて済むような書類を作ることが、当然の諒解事項であった。

適正な計算をすれば、必ず税金が安くなるならば、何もむつかしい事はないが、なるたけ納める税金を少なくてすむように計算する節税と、手段はどうであれ、とにかく目前の税金が少なくなればよいという計算——脱税とはどこが、どう違うのか。

これは、判りきったことのようで境界線を引くとなるとなかなか難問である。

税金、とくに直接税、つまり、所得税とか法人税とか、所得と呼ばれるある一定の利益に課税する税金は、その計算の根拠が、法律上の規定によって、その法律を適用する具体的問題の実体を突き止めなければならない。これを事実認定といって、これは客観的な主観ということにもなる。人間が、同じ人間のやったことを黒とか白とか認定する。その認定は最終的には国家権力の名で実行される。しかし、認定される側も黙っているわけではない。適正とは何かということが時に争いになる。

野球のアウト・セーフは目に見える範囲のできごとであるから、万一誤審であっても、それなりのかたずき方がある。しかし、税の問題は目に見えているようで実は目に見えていない。

売上が洩れているかどうか、をどこでどう認定するのか、ある経費が、費用として相当であると、どこでどう判定するのか。税務署には納税者―国民―会社は、税金をごまかすために、何でもすると、思われているふしがある。だから、税務調査は、突然、何の予告もなく、不意討ちに調査を行う。そうすれば、何か―国民―会社―が匿しているものを見付けることができるかも知れないというわけである。税金の計算は、国民が正々堂々と計算しているかどうか、国民の顔はそれぞれ一人一人違うから見分けがつかない。そこで、税務署も正々堂々とやってはいられない。囮捜査とまでは行かぬものの、とにかく不意討ちに行くことにこそ意味があるように思えてくる。

そこで、税理士側とすれば、前もって、税務調査の日時を通知してもらうこと、謂ゆる調査の事前通知の問題を、国税当局、つまり税務署側に求めることになる。

しかし、これは税務調査の公正を維持する上で、税務署員の質問検査権に及ぶ問題でもあるから、末端の徴税機関である一税務署の問題ではない。

しかし、今日ここで税理士側が申し入れたのは、その事前通知についてであった。

「税理士は、納税者に適正な税務申告を行うよう、常々指導をしている。それにもかかわらず、税務署が、どの案件も一様に問答無用のように突然調査にくる。これでは、指導する税理士の立場がない。全く無視されているも同然である。すべての案件とは言わないが、調査上とくに問題のないものは、調査日程の事前通知をして貰えないか」

一問着あるという問題とは、このことであった。

これに対し、青年署長は、にこやかに、だがゆっくり言葉を選んで、税務調査の必要性の謂からはじめ、おだやかな口調ながら諄々と質問の主旨を退ける説明を行った。

税理士会側もそのまま引きさがったわけではなく、同主旨の質問を代る〲立って発言し、青年署長も同じ答弁を、にこやかに繰り返した。

そのやりとりを聞いていて、だんだん、うんざりしてきた私は、手を上げた。

「どうぞ」

署長はあくまで穏やかであった。

「最前からのご意見で、署長の考えはもう充分です。そこで、少し角度の違った質問になりますが、よろしいですか」

「どうぞ」

署長には何のためらいもなかった。

キャリア官僚の自信とでも言うものが為せるあくまで静かな雰囲気である。

「署長の言われる主旨はよくわかりました、そこで、私はあなたに一つお尋ねしたい。あなたは、年はお若いが、すでに権力的思想をお持ちですか、もしそうであるならば、あなたの信念に従って、どんどんやればよい。私はそれで結構です。だが、もし万一にも権力思考によるのではない、というのであれば、たとえ法律にどのように書かれてあろうが、税理士会員が、交々お願いしている問題について、もう少しお答えのしようはないんでしょうか」

会場は思わぬ展開に、シーンと静まり返った。

が、次ぎの署長の一言で、会場の空気はガラリと変る。官民合同の、上辺だけのなごやかな会場とは、一味違ったものになった。

「いや、私は、法律上のご質問を受け、法律上の回答をしました」「しかし、皆さんのお気持もよくわかりました。私は法律上の答えをいたしましたが、まだその通り実行するとは一言も言っておりません。税務行政の実務面、個々の問題としては、できるだけご要望を尊重したいと思います」

税の世界で、中央のキャリア官僚を交えた会議で、こんな鮮やかな終幕を見ることはなかった。

私は、この仕事の世界で、思いがけず膝つき合わせて語ることのできる友人を発見した。それも敵対する向う側の人物であった。

しかし、税の問題は目に見えているようで実は目に見えていない。

ある会社で、その会社の社長の個人資産である土地を事業の目的で使用している場合、その地代金は百萬円か、百五十萬円かということは日常的にある。百萬円より百五十萬円支払う方が、その会社の利益は減る。利益が減れば、税金も少なくなる。しかし会社が赤字で法人税が出ないときは、百五十萬円も払えば、法人税はもともとゼロであるものは、ゼロより減らない。しかし、社長個人の所得税は百五十萬円にかかってくる。

税はとくに当り前に損得の世界である。国家のために、少しでも多く税金を払いたいという人は先ずいない。まあ、これが明治・大正の人の中には居ることは居た。

「オレノ税金ハコレッパチカ」

と、いって怒った人も当時はいた。税務署に高額納税者として掲示されると胸を張って、膝を叩いたりした。ところが税務署が高額納税者の氏名金額を掲示するのは、この金額であやしくないかと世に問うているのであって、決して納税者を表敬しているわけではないのである。

そこで地代の適正金額は、周囲の地価や、実勢価格を参考にきめるのだが、周囲の地価や実勢価格も毎年変動する。

会社の利益が出ないときは地代は安い方が得である。会社の利益が出ているときは地代は高い方が、結果として税金が少なくなる。

同族会社という個人経営が会社組織になっているものは、社長の給料だって、社長が自分できめる。

給料が高すぎるという問題はこうして起る。そこで、給料は、急に儲かり出したからといって増額しても税務署には認められない。減額も、所得税を減少する結果になる。利益から支払うであろう役員賞与金は、支払うことはよいが、会社の経費には予め届け出たものしか認められない。

すべての問題に適正金額の事実認定の問題はついてまわる。

哲学でない哲学がここにある。税務署員が、会社へ調査に来て偉張っているのは、このためである。

水戸黄門に平伏するのは悪事が発覚して、

「ヘエー、ヘエー」

と、なるのだが、税金の世界は、よくも悪くもわからないうちから、

「ヘエー、ヘエー」

と、いう調子のものである。

これは損得の世界の通例であるが、客観的に適正な主観の持ち合わせがない以上、先ず逆らわずに、そっと様子を見る。

ある脱税常習の納税者が、相談にきたことがあった。

その納税者Fさんは、ちょっと頭を下げて坐ると
「いゃあ、税金は少ない方がいいと思いますが、毎年〳〵、この時季がくると胸の中が鬱陶しいんですよ」

と、きりだした。

「いったいどういうことですか」

「毎年確定申告の時期がくると、今年の担当者を、去年の人から教えて貰うんです」

「……？」

「それで、その人物をつれて温泉へ行くんです」

「…………？」

「もうそれ以上言わんでも、おわかりでしょう」

「…………？」

「そうすると、今年はいくら、と言ってくれます」

「…………？」

「その金額でセンセイに書いてもらうんです」

「…………？」

「もう毎年〳〵のことでいやになりました。税金は払いますから、正直に申告したいんです」

「それは大変結構なことじゃあないですか」

「でもねえ、世間で人が言うには、」

そこで、一呼吸いれると、ちょっと膝を乗り出し、一段と低い声で
「そんなことをすると、何年も税務署は遡るというんですよ」

「それやあ、そういうことになるでしょうねぇ」

すると納税者はいがぐり頭をむしむし掻いて、

「わしは、酒が好きでねえ」

と、話題を変えた。

「いつも夕方四時すぎると、もう膝がもぞもぞしてタクシーを呼ぶんです」

「まだ、夕方に間があると思って出かけりゃあ、もうちゃんと先客がいるんです」

「酒呑みというヤツは明るいうちからクダを巻いとるです」

「酔っぱらいは、みっともないなあ、と思っているうちに、自分も酔っぱらいの仲間に入っているんですよ」

醒めた独白が思い詰めたように続く。

「そいで、家内が寝静まった頃、そっと帰ってきて、床に着くのですが、これが何とも朝目覚めると、頭が痛いんですわ」

「グラグラ目が廻るようなことだってあるんです。もう酒なんか呑むもんか、と思うんですが、漸く頭が戻ってきたころ、つまり、夕どき近くなると、どうも膝がむずむずしてくるんです」

「奥さんとはご一緒には出かけないんですか」

「何にイ、女房ですか、あはゝ、あれを連れてでりゃあ、街が汚くなりますよ」

「それで、この税金の季節になると、そのせっかくの酒の味が、まるでわからなくなり、たゞ呑むだけなんです」

この人の話には終りがなかった。

が、税というものが、人生そのものに喰い込んで、肉体の一部になり、酒もその肉体の五臓六腑をかけめぐるらしいことだけはわかった。

私は税務署に出かけた。

昨日Fさんからきいた話をそのまゝ、青年税務署長に伝え、どうしようか、と、相談にならぬ、相談の形になった。

納税者と、税務署員との癒着を断ち、これから正しい納税者を作ることは税務行政の、最重要の問題である筈であった。

「今年の申告をするところまではよいのですがね、五年間溯るという点ですがねえ」

署長は青年である心の余白を全部使うような趣で、それでも言葉は

「仕方ないですねえ」

と一言呟いた。

「わかりました。あなたが言われるのだから、それが当然の結論だと思います」

署長は、これで話は済んだと思ったようであったが、
そこで、私は続けた。

「脱税をしたのだから、いくらこれから正直になりますと言ったところで、過去に応分の痛みを課せられるのは、止むを得ないでしょう」

だが、ここで一つ、私が話を継ぎたそうとしたとき、

「何か」

恰度、そのすき間を埋めるように署長が私に問うた。私がこれから話すことを具体的には知らずとも、お互いに共通のある思いが動いたのだ。

「納税者のFさんは、極貧の中から、飛脚のようなこともして日夜働き続け、義理と人情の世界だけで生きてきた人です。善悪よりもただ一徹だけの人が、自分は正直になる。その代償を五年間溯のぼられる。ならば、Fさんの相手をした税務署員

にも犠牲者が出るのは止むを得ませんね」

私は納税者のFさんの諦めたような、悔しいような顔を思い浮べながら言った。

そのとき、青年署長は、一瞬にしてこの世におけるあるべき人間の関係が電流のように走ったが、——表情は変えず、

「それで、——うちの職員は誰ですか」

「それが誰だとか、氏名は私も知りません。ただFさんのところへ調査にきて、所得をきめて行った毎年の担当官は全員そうです」

その年Fさんは高額納税者になった。公示されたその高額所得者名の載った新聞を片手に何十年ぶりかでバスを乗り継ぎ生まれ故郷の山里で正月を過した。

「その割に、思った程、寄付をとられんかった」

と、Fさんは、少し淋しそうに笑って、夕暮れになると、相変らず居酒屋のカウンターで、ビールの大ジョッキーを傾けるのであった。

「センセイ、税金って淋しいもんだねえ」

「税金は、ただ払うだけなんだねえ」

「ワシはもう酒も呑みつくした、女には、金を払うだけ、そのときだけ。税金もそうなんだ」

「こないだふらりと汽車に乗ってね、そう新幹線のこだまだよ。横浜で降りて的もなく歩いて行って、ふと行き当ったお寺で一晩とめて貰った。一萬円札が一枚残った。それでまた夕方の汽車へ乗った。食堂車に座って、その一枚の札を女の子つまり、その係りの若い子に渡して、ワシはこんだけしか持っておらんから、これ以上、飲ましちゃあいかんよ、そいで、T駅にきたら降ろしておくれと、頼んで、一人で、飲んだ酒はおいしかった。若い女の子も、親切で、キレイな手をしとった。新幹線に飲みに行くのが一番いいなあ」

「センセイ、税金はただ払うだけ、酒は、ただ飲むだけ、女はただ金を受取るだけ、」

彼は、私の顔を見るともなく見て、にっこり笑う。

それから、いくばくも経たぬ、ある年に、国税庁から特政令のように、ウラ預金を今表に出せば課税しないとかいう措置がとられ、Fさんのウラ金は地元の信用金庫の文字通り「信用」になった。

それからしばらくしてFさんは夕闇の街に現れなくなった。

私が見舞いに立ち寄ると、いつも寡黙の奥さんが、

「センセイ、うちのはもう長くないよ」

「え、？　どうしたんですか」

「いや、わたしは、父親の死をみとったでわかるんだが、もう、三、四日、ものをいわんくなった。こりゃあ、もう長くない。わたしの父親のときと同じだで」

「それで、社長はどこにいるんですか」

「ハイ、すぐここです」

奥さんはその場で手の届く唐紙の襖を引くと、夏ぶとんに横たわったFさんが、もんどり起き上って、

「コレハコレハ」と、手をついて頭を下げた。

それから、何年かすぎて、Fさんは罷った。裏金を全部獲得した信用金庫の花輪が正面に飾られてあった。

あの税金のことがかたずいたとき、私はFさんに呼び出された。料理屋の座敷に、

奇麗どころが五、六人並んでいた。Fさんは、いつになく鄭重に
「センセイ、どの妓でも、よいのを選んで下さい」

といった。

私は突然のことで、その中の細身の妓を指すと、Fさんは残った芸妓に
「あと、お前たちは、ワシについて来い。センセイ、ではゆっくり遊んでやって下さい」と言って立ち去った。

このときの一連のFさんの立居振舞いは、そのまゝ芝居の一コマになるようで、私も、きっと、うれしそうな困った顔をしていたと思う。

Fさんは、自分が淋しいように、私も淋しいことを知っていて、いや、人はみな淋しいのだと知っていて、その淋しさを紛らわすことこそ、人を持成すことだと、そのことだけを信じているようだった。

帰りに、料理屋のおかみが、Fさんからだといって、菓子折を手渡された。

あくる日、私の女房が、

「Fさんてどんな方か知らないけれど、やさしい人ねえ」

と、感に耐えたように言うので、

「どうして」

と、きき返すと

「だって、夕べすっかりご馳走になったんでしょう。その上お土産まで、いただいたので私、お礼の電話をしたの」

「そうしたら、蚊の咽くような声で、『ハイ、ハイ』と仰るだけなのよ」

私は芸妓のことは言わなかったのだが、Fさんは、女房と名のつく女は、Fさんに対しては皆よく思っていないものと思っているらしかった。

どうせFさんは叱られると思っているのなら、これからは、折角の機会には、本当にFさんが叱られるように行動しようと、私は思った。だが、そういう場面には、それきり遭遇しなかった。

わかれ道

「Mさんの組合が国税局の調査を受けて困っているから、話を聞いてやってくれないか、」

と、S先生から言われた。

「M専務は私の言うことなんかききませんよ」

「いや、今度は、そんなことはない、とにかく相談にのってくれ」

私は、仕方なく　引き受けることになったが、内心では困った。

M専務とは、仲がわるいわけではない。私より十年くらい先輩になるMさんは、あまり物事をきちんとさせない人のようで、それが、味のある風采でありながら、組合の計算ができる。女性にはやさしく、怒ったりしたのは見たことがない。人格者、とも違う。大いなるニセモノと、敬称を奉って私は、あまり好きになれず、Mさんとは、ただ囲碁だけは自分でもアキレるくらい幾番でも打った。

Mさんの弟に囲碁の強いのが居た。これは唯ごとでない強さである。何しろ素人の初段に井目（九目）置かせて、一番千円の賭碁を七十番棒に勝って、その金を懐に、前後不覚に酔いつぶれ、普段自分が世話になっている囲碁道場の二階から碁石をぶち撤けたりした。

素面のときは、上目使いに様子を伺うように小声で
「センセイ、久しぶりです。一番いかがですか」

囲碁の先生は、囲碁では弟子に当たる私をセンセイと呼んで指導碁を打つのだが、きまって、突然やってくる。折よく私が居ると早速、烏鷺を囲む。だが、忽ち三十手も打ち進むと、

「あァーこりゃあ、すごい手ですねぇ。こんな素晴らしい手を打たれちゃあ、参りました」

こと程左様に、彼はなるたけ短い手数、つまり短時間のうちに指導料を得て、そそくさと帰っていく。

ときには　免状を売りに来る。

梶原武雄九段という私の好きな　高手の棋士があった。

M地方棋士は、或る日梶原武雄の色紙をもってやってきた。梶原武雄という人は徹底的に手を読む人だったから、時間がなくなって、好局を落とすことがあり、不

思議に、遂にタイトルを取ることがなかったが、私のような素人目にも胸のすくような手筋を見せることがあり、たった一手でも気に入らぬ手が出ると、

「こりゃオワだ」

といって、番面をなでるように見廻した。

「梶原先生のオワ」

とは、一種の終局宣言で、尊崇とも揶揄ともとれる雰囲気を漂わせていた。

その梶原武雄の色紙に、「徹道　梶原武雄　祝・昇段」と書かれてある。

私は　当時は素人の三段だったから、これで四段になるわけだが、もとより、私は四段になろうと思ったわけではない。

「私は、昇段なんかしていないよ」

M棋士は、チラッと伏目がちにこちらを見る。

「何時《いつ》とは書いてありませんよ」

と、薄笑いを浮かべる。

たしかにその通りで「何時」とは書いていない。私は断れば、断ることはできる

のだが、そんなオワのような手はお互いにないものと思っている。

こうして私は日本棋院四段になった。

それから二、三年して私は、五段になった。しかし、私は碁が強くなったわけではない。いつの頃からか、名古屋の島村利宏九段と親しくなって、屡々泥江町の島村囲碁クラブへ遊びに行った。

島村九段と私の手合いも五子である。私が風邪気味で休養がてらに立ち寄ったときなど、島村さんは「今日はうまく打たれました」と、二目くらい勝たせてくれる。

あるとき島村さんが打つ手を休めて、どうです、今度日本棋院で有段者名簿を発行します。ところで、あなたは四段ですね、この際五段になりませんか、私が一瞬返事をためらっていると、四段でも五段でも同じですから、そうしましょう、という。この話で、私はその有段者名簿の五段のところに名前がちゃんと載ることになった。四段でも五段でも同じだからというのはそこだけ聞けば、日本棋院はいかにもいいかげんに見えるが、実は、それには訳があった。

その昔、私が二段くらいの頃、私は専門家と碁を打つ機会があると、必ず木谷礼子五段にお相手を願っていた。その手合は、私が五子、つまり、黒石を五個置くことではじまった。木谷礼子五段と戯碁（囲碁）を打ったのには理由があった。

専門家と素人の技量の違いには、概して素人の考えの及ばないくらい開きがあるものだが、囲碁についていえば、素人の囲碁は、まさしくプロの戯碁に相当した。とすれば、たとえ五子置こうが、勝てる筈がないのが常識である。つまり、素人の置き石が五子でも、六子でも、ときに井目でも、プロにとっては同じようなものである。ならば、どうせ負けるのなら、美しい人に負けるのが賢い負け方である。

ちなみにプロ棋士に対する私の手合割は相手が誰であってもたとへ何段の先生であっても五子で変らないというものであった。

立派な五段の免状は桐箱に収まっている。その免状には「貴殿棋道執心所作宜敷手段益巧依之五段令免許畢仍而免状如件」と書いてある。五段の免状にはこれからも更に勉強せよとは書いてない。

木谷礼子という人の美しさは、知る人ぞ知る。かつて、どこかに書いたこともあるので、くり返さぬようにすれば、その美しさは、単に容貌ををいうのではない。

そんな単純に沾らんとする美しさではなかった。何よりも木谷礼子五段の佇まいの美しさ、その雰囲気の香りは永久に余人の替え難いものであった。

囲碁はそもそも若い頃結核で入退院をくり返していた頃に病院で覚えた。

年老いてから、へんな老人になって、理屈ばかり言って、誰も遊んでくれないと困るから、囲碁でも習って置けよという忠告に従ったのであった。

習ったなどと言えば聞こえはよいが、地方棋士で酔っぱらいのM君の指導碁の他は、やはり彼が師範を任されている碁会所へ出かけたくらいだった。

その碁会所で私の相手をしてくれた金山さんという電気店のおじさんがいた。私はその金山さんに三子置くのだが、金山さんは遠慮して、どうしても黒を持つといってきかない。仕方がないので、私は白を持って白石を三子置いて打った。

すると、その碁会所でも筆頭格の金山さんが黒石で打っているので白を持っている私は相当に強い人だと見物人は思い込む。そこで金山さんの他の打手がやはり私に黒を持って打つことになる。

先入観というものは、私が強いと思って打っているので相手の石は用心に用心を重ねて、ちぢこまっている。弱いはずの私が白石をもって、むしろ堂々たる布陣である。

　そこへM師範が通りすがりざま、私の碁を見て、センセイこのすごい人と白でうつのですか、この人は、あなたより三目くらい強いんですけどねえ。と笑って通りすぎる。その一言を怪訝な顔で聞いていた相手方の盤面が急に威張り出し、私はあっさりオワになってしまった。

　つまり素人の碁の強弱は、ただ勝ち負けの他に碁品というものがある。これが島村クラブの言外の段位であるようだった。

　囲碁と同じように、ある程度のレベルにはなったが、進歩しない遊びにゴルフがある。

　私はゴルフ亡国論者で、マージャンとゴルフはやらないといって実際にその通りにしてきた。それは慥かに自分の意志に違いはなかったが、マージャンは賭ける金がなかったし、結核で出たり入ったりの病院生活もあったが、賭けごとは金のやりとりがいやだった。

ゴルフも、金とヒマがなかったのも事実であるが、これは、明瞭に理由があった。自分の生活の貸借対照表の借方が国家で、貸方が運命だということは「大元」のところで書いたが、生活のバランスシートにゴルフの入り込む余地は全くなかった。

その上で更に私は立派な理由もつけた。あれは金持ちの遊びである。あの拡大な土地を僅かばかりの人間で占め、自分が遊ぶのに荷物を人に持たせる。つまりキャディーというものを従え、打った球を探させもする。

そんな莫迦なことにヒマとカネは使えない。私は本当にそう思った。

仲のよい友人が集まってマージャンをするときは、私の代わりに誰かに入ってもらった。ところがゴルフの方は、あるとき、私にやんわりと

「自分にできることは、少しでもいいから何でもやってみるのが人生だと思うよ」

と、言われ、恰度五十歳になったときだったので、今まで全く自分のために、遊んだことも金を使ったこともなかったから、ここらで人生五十年、オワにならぬうちに、できることはやってみよう。

近くのゴルフ場へ入会し、原六次郎君という地方でただ一人のトーナメントプロ

に師事した。

師事したとは言え、一週間に一、二回、ほんの十五分くらい習っただけでありあまり熱心な弟子ではなかった。それでも原プロを帯同して初めてのコースへ出かけた。利便上これも禁を破ってクルマの免許もとった。

二年くらい経つ程に、とにかく球は前に飛ぶ。囲碁と同じように、上手な人とも、下手な人とも相手ができるので、恰度いいですよ、と言われ、

「なるほど、そうか」

という心境になった。そのとき「まさか」という出来事、妻の発病という運命に見舞われた。

私は若い頃何度も喀血をくり返したが、不思議に死と隣り合わせにいるなどという切迫感はなく、その日その日の仕事にかまけて、ただウカウカと二十年、アレヤコレヤと二十年。それから、更に何年かすぎて、「まさか」ということに往き手を遮られたのだが、それは第二巻の「まさか」という一本に納めたので省く。

日本棋院で四段になったり、五段になったりするのと較べれば、M専務の　話は

難しかった。どうしても素直に飛ばないゴルフボールのようにどうしようもない問題だった。

国税当局と、納税者とが争うとき、国税当局は税納者に何か問題があってはじめて取り上げるのだから殆ど納税者に勝ち目がなかった。

国税当局はあくまで調査する立場である。何か納税者の間違いを発見したときだけ、自信をもって、偉丈高に権力を持ち出してくる。

戦争中、軍隊や警察の権力がいつも頭の上にのっていた国民の日常は、ただ権力から逃げることだけが暮しの方則だった。

M専務の組合は二十何軒かの小企業者の集団である。企業組合というのは小さな事業者が、一つに纏まることで、小さな力を大きくできる。動物の世界ではゾウのように大きなものが一番強い。猫は背中をまるめてうなり、体を大きく見せる。その上に、小さいものは身近で助け合いもする。業種の異なるものでも小企業が、お互いの力を出し合って、まあ、寄り添って暮らすという、民主主義の理想を小企業の経営に持ち込んだ格好で、表向きの看板は、進歩的文化人の後援も得て、反ブルジョアジーの集団であると装っていた。

企業組合では、事業の大小を問わず、売上金をすべて組合に納める。商人が一生懸命かせいだ金を、一銭残らず組合へ納めるなどということが、現実に起こると考えたところに進歩的文化人の観念論のこれは極意と言うべきか。社会主義リアリズムも、やはり観念であることに変わりなかったのだが、その当時は真面目に、社会主義は実在すると思ったし、少なくとも思いたかった。

そう考えると、企業組合は社会主義の理念に基づいて出来ている。組合員の権利つまり意思表示の議決権は出資の額ではなく組合員一人に一個であった。

Mさんの企業組合にOさんという筆の製造業者がいて、なかなか一家言のある人物で、筆の業界では一目も二目も置かれていた。

Oさんの事業所で、筆の材料の仕入れや、職人の給料は、Oさんが組合に納めた売上金から支払われる。これは当然のことで、このことは少しもおかしいことではない。

しかしO筆屋には東京に出店があり、Oさんの弟が東京の営業所長をしている。

Oさんの弟の給料も、東京営業所で売る筆の製造費も、組合のある本部で全部支払って賄ったものである。これも、少しもおかしくはない。ただ、決定的におかしいのは東京営業所の売上金が、全く組合に納められていないという点にあった。

こんな簡単な間違いは、いや間違いというより誤魔化しは、何も国税当局の調査官でなくても簡単に判る。ところが、M専務が組合員の売上金を全部預かって、その中から必要な費用を支払う過程で、組合は見落としたというのか、追求しなかったというのか、つまり民主主義の組合は組合員を信頼することこそが組合の基本理念である。とにかく税務当局の計算では、O筆屋の東京の売上洩れが、何千萬円はあるという。例えば毎月百萬円で一年間に千二百萬円、三年分では三千六百萬円ということになる。

しかもすでに国税当局が調査に着手して半年も経過し、税務署には修正すべき申告書が出来上がっており、あとは組合が印を押すばかりになっているのだという。

M専務に事情をきいても、「困った、困った」と地唄のように繰り返すばかりである。つまり、組合は組合員を信じる上に成り立っているので、O筆屋を悪人呼ばわりすることはできないと専務は考えている。実際Oさんは悪い人ではないですよ、とM専務はしきりに頭を掻いているのだった。

しかし、これをこのまま国税当局のいう通りに修正申告に応ずれば、売上洩れの三千六百萬円は組合の売上金に追加され法人税が課税される。その上さらに同額が組合員Oへの賞与に認定されるとあって、Oに対して、源泉所得税も課税される。絵にかいたような認定賞与で、つまり組合は売上洩れの三千六百萬円に対して法人税を支払いその上で、その三千六百萬円を懐に入れたO筆屋個人に所得税がかかる。これは所得税ではあるが、組合が源泉徴収して、納税する義務がある。この認定賞与というのは流行語大賞になってもよいような往復ビンタといわれるものである。

しかも、それは三年間分の話であって悪質な脱税となれば、さらに調査対象期間の時効は七年である。

組合は、これで倒産するのか解散するのか、税金は誰が払うのか、とにかくこのままでは潰れるより仕方がないのか。

三十年以上も終戦以来、仲睦まじく民主主義の理想をかかげて小企業者が集まって営々と暮らしてきたものが、これはいったいどうしたらよいのか。

M専務の困惑ぶりは悲喜劇そのものであったが、理事長のS先生はこの際部外者というよりむしろ被害者だった。もとより無給で、ただ組合員のシンボルとして組合をまとめて来られたのであったから、組合のことはM専務の管理に任せてきた。この組合の友愛精神に免じて、何とか方法はないものか。私は国税当局と膝詰めで協議を繰り返した。国税当局は組合の人道的経営の精神をしぶしぶ認めるかたちで、組合を生かす方法として、O筆屋を組合から除外し、O筆屋兄弟に所得税を課すことでなんとか終息を見た。

「会社の社員がアルバイトをしたら、それに法人税をかけるだろうか」などという冗談の中から出た苦肉の策で、九分九厘法人税課の収入であった脱税金は、何の手もかけてないで所得税課にそっくり入ってしまった。法人税課長は人情に長けた、相当の人物であったというべきだが、そんなことを感じる組合員は一人もいない。民主主義とはこういうことのようだった。

「人を信じることを信念として日常を暮す」清教徒的な組合とも思えないが、M専務の人を責めることのできない情念は、美しいのか単にその場を逃げるずるさなのか、平凡でむずかしい問題である。とにかく組合は残った。

税金の世界は、人の怨念や泣き笑いの隣接地にあって、天井の大風にもびくともしない堅牢さや微風に撓むようなしなやかさをない交ぜて意外に寒暖があり、手ざわりのある区域である。

それでもこの世界が好きになれないのは、常に世間の利害関係の中にあり、その利とその害によって、風向きの変わる境遇を渡り歩かねばならないことであった。

こんなことがあっても、組合は昨日の明日と一日づつ、何事もなかったように過ぎて行った。

しかし、遠浅の海岸で、小さな蟹を捕るのに気を取られて、ふと見渡すと、ひたひたと寄せくる波が先き廻りして、忽ち膝までの水にひたり、魚が我が意を得たりと泳いでいたりする。

組合員も、いつの間にか世代替りもあったりで、O筆屋の脱税で疑心暗鬼になったり、M専務そのものが集金の意欲がなくなってきたようだった。

「もう、ここらで終りにしたらどうか」

と、言い出したいが、口籠っているのは、組合内で大きな事業所をもっている人たちであった。

H金物店は高度成長の建設ブームで建材の金具類や建物用のサッシ等で、売上は組合内で断全上位を占めていた。しかし、H金物店の代表者は、あくまで寡黙で、明治の人格者だった。次ぎはウエハースのMのおじいさんだった。七十歳にして、ギターを爪弾く才人で、いつも隣りにキンキン喋る愛妻がいた。

「この人はねえ　そらゃあギターも弾くし若いときゃあ恰好よかったがね」

周りを見廻すと少し声をひそめて、

「だがね、仕事はみんなワタシ、お爺さんは帳面をつけるだけ」

愛妻はだんだん調子がよくなってくると、いつの間にかキンキン声が響きだした。

「そりゃ、工場の掃除だって、誰もせん、ワタシが、一人で、きれーいに床まで磨いたもんだ。何せ、食べるものを作っとるだでねえ」

「まあセンセイ、よーく聞いてやって下さい、ワシは何もせんことになっとるで」

「何んの、爺さんは偉い人で、このウエハースの機械は、全部、まだ若かった爺さんが、工場の若い者と一緒に設備したもんだで」

愛妻は、ちゃんと人を立てることも知っている。

「だがね、その機械の代金を払ったのはワタシ、ワタシのヘソクリ。そいから、この組合へ参加して、税金をとられんちゅうことだが、組合へはお金を持っていくばっかりだねえ」

いよいよ、組合をやめることになって、M専務が頭を抱えた。組合員のH食堂が入金しないのである。組合の帳簿を締切ると、H食堂の売上入金より仕入や経費の支払いの方が多い。その上給料を支払うのだから、H食堂は、他の組合員の納入金を喰っていることになる。H金物、Mウエハースに次ぐ第三の拠点店舗であるU事務器の所長のSさんはなかなか弁の立つ人だったから、H金物とMウエハースと三人連れ立ってH食堂へかけ合いに行った。

「ウチはもう新会社をつくっていて、組合は疾うに退めたつもりだ、それに今では税務署も調査の手が足りないから、ウチのような小さなとこは調べられんで大丈夫だそうだ」

「そんなこと言ってもねえ、誰にきいたんすか」

「ウチの今度会社を作ってくれた税理士は元税務署員だったK氏で、その人が、そんなに組合に金を納めんでもいいと、言ってくれたんだ」

組合の代表三人は、仕方なく税務署へ出かけて、副署長に会った。事情を話し、税務署が調査に手が廻らないなどと税務署ＯＢの税理士に言われては困ると、申し入れた。

私は組合の清算をするのに、Ｈ食堂を除いて計算はできないから、Ｈ食堂の財務計算は一般的な標準率で計算した。

さて、こうして三十年の歴史をもつ、中小企業の砦は軋む音一つなく実務を終え組合員の脳裏からも消え去った。

ただ、私が最後に残余財産の清算金を渡すとき、今まで組合の会合には全く顔を出さなかったＫという洋菓子店の女性が、真先きに満面に笑みを浮べて階段を駆け上ってきた。

その日は、秋口にはめずらしい雨が音をたてて降っていた。

ギターのMさんは、組合が解散して個人経営の会社になってからも、高校を卒業した孫の青年を連れて、

「センセイ、この息子を何とか指導して下さい」

と、時々訪ねてきた。ギターを持ってくることはなかったが、ふさふさした銀髪をかきあげては、深々と頭を下げるのだった。私はまだ組合が健在の頃、組合の決算の度びに、ここのウエハース工場の事業所が、経営の波が大きく上下するたびに、経理のギター氏を疑って、随分きびしく質問をした。しかし、何も発見するところはなかったので、そのためかどうか、私は嫌われている筈なのに、孫をつれてきてまで、頼りにされるのが不思議だった。

キンキン喋る愛妻に先立たれたときも、会葬者の前で、以前汚職で失脚した元市長の他に、わざ〳〵私の名をあげて老いの身をふらつかせながら謝辞を述べた。

私も、人生の階段だけは、何段も昇ってきたのに、このギターのMさんの心情が

わからず、やがて罷からられたとき、しきりに申し訳なかったと思った。

組合は清算し、組合事務所の土地　建物は、長年無報酬で理事長を努められ、組合の結束のシンボルであったS先生の退職金に進呈して、何事もなかったように終束した。

税務調査というものは、ある意味で人間の真実を明らかに表現することになるのだが、人間の真実など、見る角度で随分違うものである。

日本で有数の通信会社は、独占的経営であるから、○○通信とか○○電信という類は、傘下の中小企業に対してはかなり横暴である。下請業者が三百萬の加工賃仕事を請負うと、支払われた三百萬円から、百萬円はリベートとして現場の監督に返せという。

もともと二百萬円の仕事を三百萬円で発注するのだから、請負った会社は損をするわけではない。しかし、そこには、ある真実を炙出す「税務署」というものがかかわってくる。

税務署はどう考えるのか。

売上金は僅かに三百萬円である。問題は、その売上金から返還したと下請会社が考えている。百萬円は、下請会社の社長に対する賞与金だというのである。

リベートの百萬円は、売上金三百萬円の中に含まれているから、紛れもなく売上金ではある。売上金から経費を差し引いた法人の所得、つまり利益には法人税が課税されるから、リベート百萬円を含んだ三百萬円が売上として課税される。しかし、その中から、実際にかかった経費と、リベートとして返した百萬円が、その事業に必要な経費であると下請会社は考える。その上で実際にかかった経費が二百萬円あれば、リベートと合わせれば三百萬円で、下請会社に利益はないという計算になり、課税所得もない。

ところが、税務署の見る真実では、諸経費の二百萬円は、そのまま認めても、誰に支払ったか支払先を言えないリベートの百萬円は、売上の減少でもなくまして経費でもない、その百萬円は下請会社の社長（役員）に対する賞与金であると認定する。

使途不明金、これは役員に対する賞与と認定するのである。

下請会社にとってはそれは使途不明金などではない。親会社に支払ったリベートである。だが親会社の誰に支払ったかを言うわけには行かない。すると、それこそが使途不明金だということになる。

慥かに、誰かを特定できないが親会社の現場監督某に支払ったのだから、賞与だと言われれば、その通りかも知れぬが、下請会社は、実際その賞与を受け取った筈の親会社の監督の名前を言うわけにはいかない。そんなことをすれば、もう二度と仕事が貰えなくなる。これは下請会社にとっては死活問題である。しかし、こんなことにまるで同情なんかしないのが税務署員の立場である。

立派な会社と取引のある中小の会社は往々にして、自分の生活のため、雇っている社員のため、出入りの業者のため、それらの人々の幸せのために、三百萬円の中から言われる通りに、百萬円のリベートを支払い、残りの二百萬円で暮らすことを考えるのである。

この仕組みの理解できない人は誰もいない。ただ、それがその通りであっても、世間の人と税務署員との間には、この同じことに対する認識が違う。つまり真実の実質が違う。

世間の人は、リベートの百萬円は仕方がないと思っている。百萬円支払わなければ、仕事が貰えないのなら、それはそうして二百萬円でできるように仕事をすればよいのである。

それでその通りに努力に努力を重ねて二百萬円で仕事を完成させ、その二百萬を、下請会社の社長以下の社員、仕入先や納入業者などに分配して、僅かでも残れば、それは利益であるから、税金を支払えばよい。

これは判りきったことのように思える。

しかし、一度び税務署が認識する真実は少し異う。三百萬円の売上と、二百萬円の経費まででは、同じであっても、実質的にその下請会社のどこにも入っていない百萬円はリベートを受取った親会社の誰かの利益である。と同時にしかしその百萬円は慥かに社外流出分の費用とは認められるが、支払先不明のその費用は下請会社の社長に対する賞与金と認定するというのである。

下請会社は、

「あ、そうですか」

と、気軽に返事をしてもよいところだが、税務用語として定着している認定賞与というのは税金を課税する上で経費つまり損金として認められないという。

「役員に対する賞与金は、利益の中から支払われるものである」

と、税法にちゃんと書いてあるのだ。

法律できまっていては仕方がない。泣き寝入りする以外、どうすることも出来ない。ただ、そのリベートの百萬円が、下請会社の社長の賞与金だと認定するのは税務署員である。慥かに一旦は受取った形ではあるが、右から左と消えてしまった百萬円が、下請会社に課税される利益だとは普通の常識ではどうしても認識できない。日本の立派な大学で法律や経済学や哲学を勉強すると、こういうことが理解できることになっている。

その結果どうなるのかというと、リベートに相当する百萬円は売上金として法人税の課税対象になり、一方で下請の社長が受取ったことになる百萬円は親会社の誰かに渡ったので、その百萬円は身替りとして下請の社長の賞与と認定されて所得税が課税されるという。しかも納税義務は下請会社にある。

ここで認定賞与といっても、納税者が自分で懐に入れてしまったものだけではなく、社会形態上力の弱い者に皺寄せされることになる。課税洩れをなくすことが税の公平だとする立場から随分ややこしい理屈で税を微収することになるのだが、税務署ではむしろこれが当然のことと認識されているのであった。

真実はもっと簡単なことなのだが、税金は不思議にややこしくなる。しかし、それを税務署の側に立てば、これは皆、欲の塊である民間の事業会社の目先の欲望の為せる業である。いわば自業自得だということになる。三百萬円のうち百萬円もリベートを払う奴も払う奴なら、受取る奴も受取る奴だということになる。

この場合、その百萬円を受取った者、つまり誰だか表向きはわからない者には何にも税金はかからない。その人物から高価なものを買って貰った美しい女がいれば、皆、誰だかわからないその美しい女のためのシステムだと言えないこともない。

遠くの方で学生たちが反政府デモで騒ぐのは自分で生活をせずに学問をしている連中である。

この認定賞与というのは、下請会社の経営者から見れば、一銭も実質収入になららぬ百萬円に法人税も支払い、更に自分の収入でもないリベートに自分が受取ったものとして所得税がかかる。

この問題は、もし会社の原申告で何の処置もとられず、税務調査でこういう問題が見つかれば、法人税、所得税の本税の外に過少申告加算税とか重加算税とか、罰金に相当する税金もかかり、挙句に利子に相当する延滞税まで加えられ元になった百萬円よりそれにかかる税金の方が多くなることだってある。

そのためにこの認定賞与のことを、税務の世界では「往復ビンタ」と呼んでいる。民主主義になったとはいえ、世の中は戦争中から続いている。戦争中の続きだと考えれば日本の文化はビンタの文化だと言える。

そこで、この往復ビンタをせめて片方のビンタにすることは出来ないか。こんな詰まらない考え方を現実的だとという。いくら虐げられても人間には欲望がある。これを現実にはなんとかしなくてはならない。貧乏人は麦を喰えという。麦を喰って往復ビンタも受ける。この社会犯は独占資本だといって、その代弁者にビンタを張ろうと、学生が立ち上がったのだと、そう思う人がいるだろうか。学生たちは自分で自分に認定賞与を払っているようなものではないか。認定賞与というのは、臨時に支払うから賞与であって、毎月同じ金額を支払えば給与である。役員賞与は法人税法上損金にならないが、役員給与なら労働の対価の範囲であれば損金になるのだ。

先きの事例では、たまたま三百萬円の売上金から百萬円をリベートとして返したということであったが、こういう問題を殆ど毎月常習的に行っている会社はどうか。

私は、リベート常習の会社の問題を時の税務署長に直訴してみた。

署長は、にこやかな、識見豊かな人物であったが、税は厳正なものであることも、まぎれもない事実でなければならなかった。

「センセイのおっしゃることですから、決して悪くとるようなことはしませんが」

と、いって署長は私の方に目を向けて、

「その支払ったリベートは、毎月均分に支払われているのですか」

私は、署長の言わんとする意味は判っている。

ただこの世のことは、そんなに都合よくは出来ていない。

リベートを払う会社は、ただ、仕事が欲しい。だから、親会社の現場監督の意に添わなければならないのだ。

現場監督は相手のそこに付け込まなければ金にならない。ただ金が欲しいだけである。

こんなものを助けてはいけないのだが、小さな会社は、まるごと、その仕事で何人かの社員を養っている。

「それは、必ずしも、平均的に支出されているわけはないのですが」

私は署長の方に目を返した。

「つまり、十二ヶ月間の支出を全部足して、十二で割れば、それは平均した支出になるんです」

「センセイは性善説だからなぁー」

と、署長の一言が私の耳朶に残った。

せっかく生き延びた、その三十人ほどの会社は、社長が請け判をしたばかりに債権者の手によって、敢え無くとり潰されてしまった。

いったいただ働きにせよ私の働きは、世のためなのか、何のためなのか。性善説では何が間違っているのか、論語孟子ではやっぱり駄目か。

私の家の本棚を眺めると、いい本がずらっと、並んでいる。中には二冊あるものもある。本屋の店頭で、これは読みたいと目にとまったものを買って帰って、つい読まないまま、幾日と歳月とかが過ぎ、同じ本をまた本屋の店頭で見て、あ、これは読もうと思って買ってきて、そのままになった本である。

そんな無駄なことは、同じ忘れものを繰り返すように愚かなことであるが、現実に家の本棚にあるのだから、何とも言いようがない。

本棚を見渡す見と、栗の樹　小林秀雄、赤い鞄　小林勇、南方熊楠の宇宙　神坂次郎、死者の書　釈超空、富士正晴詩集、野間宏詩集、富士正晴と野間宏は義兄弟だが、それで並んで本棚にあるわけではない。中世の窓から　阿部謹也、伊藤桂一詩集、戦後日本の大衆文化史　鶴見俊輔、日露戦争とサハリン島、座して待つのか日本人　的場順三、わが友本田宗一郎　井深大、さまざまな愛のかたち　田宮虎彦、雪月花の近代　加藤一雄。

こんな具合に、何の系統もなく、並んでいる。

親しくしている、ある会社、私の住んでいる田舎町では数少ない上場会社であるそこの社長に、

「私が死んでから、本の始末に困るから、会社で図書室を作って、本を全部引き取ってくれないだろうか」

と、頼んで、承知してもらって、安心したのだが、その図書室とやらは、いつ出来るのかわからない。

それらの本は、会社の生産には直接何の役にも立たない。むしろ百害あって一利なしであるかも知れない。

だが、私はそういう直接法ではなく、何の役に立つかわからない、いや全く何の役にも立ちそうもない、しかし、それは資本制的生産様式の社会つまり今の話であって、そこに携わる人間は、思いがけないことを考えている必要があるかも知れないと想像したりする。

霧深く考想化声*あきらけし
さらばえて掌篇の恋も赤き血を
情炎が燃え盛る音に似て雨は降り
われ一人異方の世界を走りおり

（旦）

*考想化声
　話そうと思わないのに考えていることが言葉になって出てしまう病状

あるコンピューター大手の技術者であった友人の私家集から、偶々ページをめくったところを写して見た。

すばらしいものは役に立たないという見本だと言ったら、作者の名誉にならないだろうか。

消費税が出来て廃止になったが、物品税というものがあった。奢侈高級品にかける一種の贅沢税である。

貴石、真珠、貴金属製品、べっこう製品、毛皮等は小売価格の一五%、普通乗用車、大型モーターボート、ゴルフ用品　三〇%、ルームクーラー、大型冷蔵庫、家具類は二〇%　小型乗用車一八・五%　軽乗用車　一五・五%と、いった類であった。

消費税率を五%から八%に上げるというのに何年も何年もかけている今の社会は、やはり社会主義なのだろうか。

その昔のことだが、あるブティックに物品税の調査にきた税務署員は、三百萬円程の毛皮を買った客の名を追求し、その客が近くの歯科医の奥さんだったことから、その歯科医を調査することになって問題はこじれた。

「もうお宅のお店では二度と買い物はしないから」

と、大層な剣幕で叱られ、その店はお客さんを失うことになった。調査官は、税務署にも労働組合があって、その活動家とかで、こんな高級品を買う者は大衆の敵であって、許せんという意気込みのようであった。三井三池炭鉱のストライキや安保反対と呼応して、ここでも階級闘争のつもりかも知れなかったが、これは随分方角違いの話である。私は税務署長にこの調査官による調査を断りに行った。

社会正義は観念ではない。ましてや国家と国民の関係も観念ではない。

小柳さんという小さな八百屋ではこんなことがあった。そこは調査するまでもない小さな店だが、棚卸品が問題になった。

個人の事業者は所得計算の年度が、暦年ときまっているので、その年の一月一日から、十二月三十一日までの損益を計算する。それは一年分のお金の出し入れの計算の他に、在庫計算といって、年度末に売れ残っている商品、或いはこれから売るつもりで保管してある商品の棚卸高を実地に計算しなければならない。

これは言うのは簡単であるが、こまかい商品の実在品を一つ一つ書き上げて仕入金額を調べて計算するのだから小さな店の主にはかなり手数のかかる面倒なことである。

突然調査に訪れた税務署員がその棚卸表をこつこつ確かめると、計算の入っていないもの、計算違いのもの、などなどがある。

税務署員は鬼の首でもとったように、これはいったいどういうことか、と追求する。

七十歳近い商店主の小柳さん、

「ええ、あのォー」

と、口の中で呟き、あとははっきり言葉にならない。

小さな商店の税務調査は毎年ある訳じゃあないから、第一に応対に不馴れである。しかも税務署と聞いただけで財産を全部持って行かれるんじゃないかという、風評被害の妄想に襲われる。

税務署員の方は、調査に行って、誤りを発見すると、ようし、と急いづいて納税者にたたみかけることになる。会話は優しいもの言いとは言えない。

ただ在庫の計算ができていないだけでオロオロしている店主を見て
「所得税をきちんと払うためにはお金で払うわけでしょう」

と、私がいった。

税務署員は、怪訝な顔で私を見る。

「だから間違いがあれば、お金で払います」

調査官は、もう一度私を見た。

「だから」

と、重ねて言って

「あなたの言い方は、少し気をつけてくれませんか」

税務署員は「何だ」何をいうのかと思ったと顔をややゆがめて、再び私を見た。

やがて降り出した雨の中を、調査官は濡れながら帰って行った。

私はいささか後悔していた。

あんなことを言わずに、辞を低くしてお願いすれば、僅かばかりの棚卸品のことくらい御負けして貰えたかも知れなかったのに、小柳さんは、私のせいで、一萬円も払わなければならなくなった。たかが一萬円と言えども小柳さんの店で、百円のリンゴが百個である。

「センセイ、小柳さんが見えました」

あくる朝、事務所へ出勤すると、事務員に呼ばれた。

私はてっきり小柳さんが、苦情にきたと思った。

小柳さんは毬栗頭の天井が見える程頭を下げてみかん箱を一つ下ろすと

「センセイ、昨日は有難うございました」

「・・・・・・ぇ」

「いやぁ、間違ったり、書き忘れたり、私がみんな悪いのは、判ってます」

でもねえ、と顔を上げて
「小さな商店ですけど、マジメに一生けんめいやろうとしてるんです」

「・・・・・・」

「あの税務署員に、逃げもしないのに言葉でおさえつけられて」

私の方に笑顔を向けると
「センセイにああ言って貰って、気がせいせいしました」

くるりと御辞儀をして、小柳さんは足取り軽く階段を下りて行った。

一言、私が余分なことを言って悪かったと言葉をかけようとしたとき、小柳さんのがっしりした背中は外の扉を押していた。

浄化

「モシモシ……会社を作ってくれませんか」

変な電話がかかってきた。

「世の中には、いろんなことを頼んでくる人がいますが、電話で会社を作ってくれと頼まれたのは、初めてですが?」

「・・・・・・」

「今は、忙しい時期ですから、すぐおいで下さいとも言えませんが」

「いやぁ、私は、親戚なんです」

「え、?それじゃあ、夜なら家に居りますよ」

「あぁ、お宅なら、いつもあなたのお母さんをお送りしてますから、知っています」

これには私が驚いた。

私は、借金と結核と仕事で、親戚づきあいも、何もしていなかったが、電話の主は母方の義兄弟であることがわかった。

それでできたのが、真水産業株式会社だった。

社長になった義兄弟のNは一人息子でわがまま育ちの坊ちゃんで、大学を出てから、父親の関係会社で働いていたが、一大決心をして会社を起した。

真水産業は、汚水処理装置の製造販売で、半農に近い地方の商業都市では、養豚業者からたれ流す汚水処理の問題が環境浄化の観点から社会問題になりつつあった。

坊ちゃん社長は、自分は働かない。事業の方向性を見極めて、適任者を集めてくる。

真水産業では、コンクリートの水槽をいくつも連結して曝気槽、沈殿槽と交互に汚水を落として行くと、バクテリアの働きで、順次汚水は浄化されて行く。この経過の中で、沈殿槽の底に沈澱した汚泥は再び曝気槽へ返す。

汚水がきれいになれば
「ほ、ほう」

と、皆、感心してただ一人だけの技師の権藤さんの顔をみる。水質浄化には三十日から六十日、つまり、一、二ヶ月はかかるので、慌てることは何もない。

坊ちゃん社長のNにとって、何もしないというよりは、やることがなかった。

これが功を奏して、社員は思う存分に気ままに営業活動を行い、見積もりも納入も、施工も、集金も、自然に役割ができる。

顧客も、農水省の補助事業で補助金が入るので、値段交渉もキリキリすることはない。

N社長は、出張費とか、交際費とか、細かいところしかわからないから、ブツブツ言うだけで、社員の受けはよくなかったが、事業は一種の当りで、坊ちゃん社長の想像以上に業績をのばした。

給料は、事業の進展に応じて相応に支給し、N社長も高級車に乗っていた。

ところがある日、事件がおきた。

国税局の調査が入ったのである。

これは会社にとって、大事件である。

田中角栄前首相が、外為法違反で逮捕された、ロッキード事件がいくら大事件でも他人のことである。我が社にとってはロッキード以上の事件だということになる。

社長のNは外出中であった。

ミシミシと足音が軋む階段を、国税局員五名と、地元の税務署員が二名、総勢七名もの黒い背広が登って行く。

「顧問は税理士か公認会計士か！」

その中の首領らしい男が、威したつもりでなくても、威しにきこえる。

売上は急激に伸びている。社員には相当の給料や賞与も支払っている。社長のクラウンは、当時としては高級車である。顧問の税理士は親戚だという。

社員たちは、ケチな社長がこれだけの待遇をしてくれるのは、相当隠した金があるに違いない。それをバラせば、俺たちに、もっと分け前がくる。と、社員何人かが連れ立って国税当局に投書したらしかった。

だから国税当局はこれは間違いなくタマリがあると自信に満ちていた。

一日目が終った。

目星しいものは出てこない。

二日目、あまり進展しないどころか、まるで何もない。

だんだん焦ってくる。どうも、おかしい、経理担当の課長より、古参の女子社員の方が詳しいのだが、彼女は

「ハイ、これです」
「ハイ、ここにあります」
「ハイ、それは違います」
と、何でもハイ、ハイでまるで震えるどころではない。

驚いたことに社長のNは、取引の詳しいことは、まるで判っていない。ケチだと言われているだけあって、交際費も大したことはない。

ただ期間計算の問題はあった。会社会計にはいくつかきまりがあり、その上税法にもいろいろなきまりがある。税金の申告計算は一年単位であるから、売上が今期のものか、来期のものかがこの会社では大きな問題になる。

売上は浄化水槽を何槽も据えつけて、一基百五十萬円かかれば四基で六百萬円である。つまり曝気槽と沈殿槽が二基づつである。もっと大きな養豚場では汚物も多いから、六基必要なことだってある。

この現場は、多分に経験に基づいて判断するので、数字で割り切るようには行かない。

ところで、この汚泥水浄化のユニットシステムは、コンクリート槽の据え付けまでは一目瞭然で、文字通り見れば判る。では、据え付けられた曝気槽、沈殿槽は、いつ、どの時点で売上になるのか。

ここが問題である。つまりこれで完成しましたよというのが引き渡しの時で、引き渡しのときが売上として計上すべきときであると、これは会社会計の常識と税法の規定とが共通している。

ところが、その引き渡しのときがよくわからない。BOD（生物化学酸素要求量）とか、COD（過マンガン酸カリウム消費量）、或はSS（濁度、透視度、透明度）といった水質基準がありペーハー一二〇PPM以下にならないといけない。

そこではじめて放水できるのだが、もちろん一時的に基準を満たしただけではいけない。これは事業者の良心である。

では税務上の計算で、ユニットシステムは引き渡しできる状態に近くても、いやまだもう少し様子を見るべきであるという場合は、会計上は仕掛品であって、これは未成工事原価といって、一種の棚卸品として、資産に計上する。完成した売上高が一千萬円で、未成工事原価が六百萬円であれば、税務会計上は未成工事原価、つまり仕掛品が完成して売上になると、六百萬円が一千萬円になるから、一瞬にして四百萬円の利益が計上されることになる。となると、税務署は、これは完成しているではないか、だから売上に計上すべきだという。会社側は、いやこれはまだ完成していないから未成工事として原価で計上するのだという。

こういう問題は実務では、いくらでもある。

この場合、会社の帳簿の記録があまり整然とできていなくて、あちこちに綻びがあると、仕方なく税務署に譲歩して、それじゃあ、完成品として売上にしましょうということにもなる。税務署員は少し高圧的に言えばあまりしっかりしていない会社から譲歩を引き出せることを経験上心得ている。

しかし、会社側も、浄化槽の記録がきちっとしていて、いつ、一二〇PPM以下になったということが、記録として保存されていれば、正当のことを頑張るのは当然である。

真水産業は、急激に成長したこと、その上投書があったこと、顧問の税理士は親戚であることなど、脱税を伺える条件はあったものの、当のN社長が小心で自らの給料以外に会社に要求して私するなどの行為はなかった。私も、給料については高すぎるなどとは余程でないと言わなかったから、その他に脱税になるような事柄は殆んど見当たらない。

国税局員にも面子がある。一週間目には、朝早く会社に着くなり

「今日は、何時になってもやるぞー」

と、言って、二階に上がっていった。

ところが全くの偶然であるが、国税当局の幹部に、私が個人的に信頼関係のある友人が、転勤してきた。

「あそこは堅い指導をしている筈だ」

と、その幹部の一言で、ややもて余しぎみだった調査は忽ち終了することになった。

そのことがなくても、調査上の問題としては、ある工事が未成工事か完成工事かといった謂ゆる「期ずれ」の問題はある。税の世界では、いつの時点で課税するのかという問題は常にあるのだ。理論上では発生主義といって、売上や仕入等の取引

が発生したと考えられるときを計算の根拠にする。

そこで「期ずれ」というのは、当期に計上するのか、いや次期に送られるのかというだけの問題なのだが、「期ずれ」は簿外のタマリのようにモノがはっきり出てくる脱税とは全く違う。だから、国税当局にも「期ずれ」だけで申告を更生したりすることを嫌う幹部がいるくらいである。

そうはいうものの、調査の第一線では「明日の百より今五十」で、何がなんでも、今課税額が増えれば仕事をやった気持ちになるのも事実であった。

そうなると真水産業の場合など、利害、得失を離れて考えれば、結構面白い。

つまり、真水産業の売上製品は曝気槽とか沈殿槽とか、汚水を浄化するための水槽のユニットシステムであるから曝気槽から沈殿槽へと汚水を落として行って、どこでこれで良いと判定するのか。CODとか、BODとかSSといった水質基準があって、基準の一二〇PPM以下になれば放水してもよいということになってはいるが、どこかで○か△か×かという判断をするのは人間の眼である。

一千萬円で契約した汚水浄化槽のユニットシステムは、これでよいとなれば、会計の発生主義基準で完成品として売上に計上する。未だこれでは、よしとは言えないというのであれば、それは未成工事原価として棚卸品になる。未成工事品の評価額は製造原価でよいから、その工事の利益に対する課税は翌期以降に繰延べられることになる。

これを判断するのは現場の作業記録によるしかない。

しかし、現場というところは、その記録が、常に一定の方向を指すとは限らない。早く納品して、代金を回収するには「完成」と判断しなければならない。しかし、相手のあることで、相手の養豚場の経営者がきびしくて、なかなかよしとならない場合は、完成品として売上に計上できないし、代金の回収もできない。

それを完成品として計上すれば、代金が入ってこないのに税金を支払うことになる。

真水産業は課税庁当局が投書を信じた思い込みで、調査に入ったのだが調査結果は何も出てこなかった。

「ここの社長は、誰か政治家と関係があるのかね」

と、一言残して調査官は立ち去った。

この投書の一件には、証拠はない。が、普段吝嗇《りんしょく》な社長が、あまり売上の急上昇で気前よく社員に給料を支払ったために社員が勘違いして、税務署が調べにくれば、きっと沢山隠し財産が出てくる、自分たちも、もっと貰えると思ったのだろう。

税金の問題は一陣の風が吹き過ぎたように終れば何事もない日常に戻った。

社員の何人かは退職した。

豚汚水罰金五十萬円——簡裁略式起訴——水質汚濁防止法違反と新聞に一行の記事が目に止まる。

地久園《チキュウエン》という中華料理店の会社再建をすることになった。

中国人の経営者が、放漫な経営の上、やはり中国人の金融会社から日常資金を借り入れ、ちっとも返済しない。

S先生の法律事務所を通じて、その金融会社から貸金を回収するために、何とか、地久園をきちんと建て直してくれという依頼であった。

「地久園」は県庁所在地のN市に二十店舗あり、岐阜にも一店舗を構えた中華料理店でかなりの経営規模であった。社長は終戦以前からの中国人華僑の首魁《しゅかい》であった。金融会社に対する借金はもとより、仕入先の会社や商店からの支払残金が、何ヶ月も滞っていた。

しかし、地久園の社長易東生氏は、日本の敗戦で、在日華僑の商人たちが、心もとない日常の中でひたすら信頼を寄せていたのが、易氏であったから、金融会社の社長をはじめ、地久園に対する債権者たちは、あの敗戦のどさくさの時代に易さんを中心とした華僑の商圏を築いたのであって、その意味で債権者たちは易さんに対し一様に忘れることのできぬ恩義があった。

易さんの会社の番頭格の胡さんが、朝早く私を訪ねてきた。

「今日夕方、何とか来社してくれませんか」

と、いう。こんなことは電話で済むことだが、

地久園の易さんは、慇懃に必ず経理部長を使者としてよこした。

それも、鉄道でくる。

「今日はね、どうしても都合がつかないんですよ」

易さんのことだから、何が何でもという切羽詰ったことではないと思ったが、

「そうですか、そこを何とか」

と経理部長は困惑している。

「いや、それは仰る通りにしたいのだが、今晩は母が、久しぶりに来るのです」

胡さんは、仕方なく帰って行ったが、その日の夕刻前に、再び胡さんが現れた。今度は珍しく車できた。

胡さんは、自動車から恭しく大きな丸い寿司盆のようなものを卸して、

「これ社長からです。せっかくお母さま、おいでになられる、召し上って下さい。社長からです」

胡さんは、社長からですと二度繰り返し、車が二時間近くかかるN市から中華料理の大きな膳を届けてくれたのである。

これは易さんの人柄なのか、中国人、その中でも華僑の人たちの習わしなのか、私は中国人の知人はいないのでよくわからない。しかし、これでは、この次ぎに依

頼されたら何があっても断れない。

満州にいた小学生のとき、秋も深まり、たちまち冬が迫ってきた頃、一度雪が降ったら、春まで銀色一色に映える世界で遊ぶために橇を作ろうとしたが、橇の坐る場所を両側に板を渡して作るために、二本の木を鋸で斬ろうとした。いつ誰が使ったともわからぬ鋸がまるできれない。刃が立たないというのはこのことで、私は満州人のボイラー炊きの青年にここを切ってくれないかと手まねで頼んだ。

何日か過ぎて、銀杏の梢が、網目のように灰色の空を映しだし、明日にでも雪になりそうになった。頼んだ私が忘れてしまった頃、ボイラー炊きの兄が、両手に、二本にきれた木を翳《かざ》して「成就《チョンチュウ》」とにこにこして駆寄ってきた。

子供ごころに、木を二本斬るのに、こんなに何日もかけて、実にうれしそうなのが、不思議に思えたが、易さんが、わざ〳〵N市から私の母のために二時間もかけて中華料理を届けてくれたとき、この橇の木を斬ってくれた満州の青年のことを思い出した。

どうも、これは少し違うようだと、何となく感じたのである。ものの価値。私たちの社会で考えている価値は、役に立ったこととか、これは助かったとかいう行為等のことだと考えているが、これは少しおかしいのであって、うまくできた、とか、力いっぱいやった、とかいう観点から価値の○×をつけなければいけないのではないか。

私が易社長に呼ばれてN市へ行くと、いつも会場一杯に債権者が詰めかけている。私は地久園の債権者を個人的には貸金会社の社長の他は一人も知らない。しかも、貸金会社の社長も債務者の易社長も、華僑仲間で二人は親しい間柄である。

集っている人たちが、債権者かどうかもわからないが、わかったところで人間関係は私にはまるで見当もつかない。

中央の檀上に立った易社長は、一わたり債権者を見渡すと、ゆっくりと口を開いた。「今日、皆さんにお集りいただいたのは」と、きり出し、「これからはこのセンセイにきちっと指導して貰うから」といって私を紹介すると、「今日までの納入品の未払残高は、棚上げにして貰いたい。その代り明日からは、毎日、現金、現金で、その日その日に支払う」だから承知してくれということを説明するのだった。

しかし、たちどころに異議が出る。今まで、何度も何度も、棚上げをして、その都度、すぐ約束を守ってくれない。だから信用できないというのである。

会場がざわついてくると、易社長はいかにも心外とばかり、「それだから今度はこのお忙しいセンセイが、わざわざご都合をつけてきて下さった」だから間違いないと言う。すると他の債権者が代って、棚上げというが溜っている期間が違うから、一律に棚上げでは不公平だと、言い出す。

これは、到底治まりがつかないと思われたとき、易社長は突然声を張り上げた。

「みンな、黙ってくれ、そんな勝手なこと言うなら、ワタシャ帰る。これから、きちんとやるために、遠くからセンセイにきていただいた。みンな、ワシが信用できんというのか」

易さんの声が鳴り渡ると、不思議なことには元来は強い立場の債権者たちは一瞬静まり返った。

私は、たゞ坐っているだけが仕事で、大センセイに祭り上げられた。つまり誰でもよいのである。まあ易さんにとっても、この華僑の集団にとってセレモニーのために何か護符のようなものが必要なのだということらしかった。

話をまとめるために債権者の代表が何人か、地下室へ集る。私も出席してくれという。

地下室で飛び交わされた言葉は全部支那語で片言もわからない。ときどき、言葉のはずみで、何となく穏やかならぬことが感じられるが語気の荒い人が、むづかしいというわけでもなく、言葉のやさしい人がなかなか片づかないようでもあり、全員男ではあったが、揉めごとは、男でも女でも同じだということがわかった。

地久園は、こんなことを繰り返し、赤字の決算書を作っては、会合を開いた。岐阜の柳ケ瀬にある店は、別会社になっていたので、岐阜地久園にも出かけたが、別段仕事があるわけでもなく、きれいな字を書く、静かな女性の経理担当者が、金華山へ案内してくれたりした。

この地久園の仕事は、悠久に続く時間かせぎでこれは華僑実存主義というものかと思った。

汚水浄化に、時間がかかるように、人間の社会は何事も時間がかかる。その上、たとい時間をかけたからといって、きれいになるとも限らない。そのときどきで、条件が変るからである。

会計のように、きまった金銭を、きまった方則で、ただ計算するだけの仕事に見えても、これはこれで、時間をかけて議論することで、何か異う結論になったりすることがある。金銭でも目の前に積み上げられているもの以外は観念である。

一とき、国会で予算の無駄をなくすために事業仕訳というのが、大々的に報道された。

それで大いに名を売った女性議員もいた。しかし、すぎ去ってみれば、あれは何だったのか、あの厖大なエネルギーは、すぎて見れば、ただすぎただけで、まるで無駄なのかと言えば、そうばかりでもない、何かを浄化する作用があって、それもしかし歴史に吸収されていくとしか思えない。

私が開業したばかりの二十歳代のころ、北朝鮮貿易の会社から、相談を受けた。

当時北朝鮮との貿易は、バーターで時間がかかりまるで儲からない。日ソ貿易でも、ソ連の港から、いつ船が出航するかわからない。その上、港に停泊している間は滞船料がかかる。つまり収支計算が成り立たない。北朝鮮貿易も、いつ船が出るのか着くのかわからない仕事である。

私の事務所の顧問料など、契約をしたところで、ないも同然で、しかし、それは朱さんという社長の責任というよりは、そういう仕組みで、個人の能力ではどうしようもない。

当然のように顧問料は滞る。

私のささやかな事務所で、年の暮に事務員の賞与を支払ったら、事務所にはお金は殆んど残らない。

折り悪しく東京から防衛庁にいる友人が訪ねてきた。家内が、懐中の僅かの残金をもって、街中へ買物に行った。街は年の暮で賑わっていたが金がなくては買物もできない。そのとき北朝鮮貿易の朱社長にばったり出会ったのだった。朱社長は、申し訳ないといって、三萬円くれた。家内はニコニコ顔で帰ってきた。

その共和交易洋行という会社は、そのまゝ音信不通になり、私の事務所は、いくばくかの貸倒れになったが、偶然、道で出会って三萬円ばかり回収になったのだから、まるで全部が貸倒れになったわけではなかった。やはり流通にも一種の浄化作用があるのかと思う。

地久園はどうなったか。それは私にもわからない。

地久園の易社長には奥さんが何人もいて、それぞれ子供も地久園の社員だった。だが私は何度紹介されても、どの女性が何番目の人で、その息子さんがどの人か覚えることができなかった。

ただ、その何番目かの奥さんも一様に私に出会うと、日向に咲く花のように、できるかぎりの笑顔をつくった。

「私たち親子のことは、センセイ、ずうっと末永く、よろしくお願いします」

と、日本語でくり返し言われた。何番目の人に何回言われたかもわからない。

「末永く、いつまでも、よろしくお願いします」

と、いう言葉だけが耳に残っている。しかし、地久園は、ある冬の日に、易社長が、肺炎で急死してしまう。会社は中空で分解したように、バラバラになった。私が手を出す余地などなく、会社もろとも一族そろって消滅してしまった。

遺族の間で、遺骨の分捕り合いがおき、分骨することで落着した。そのために、易社長の亡霊が、上半身だけしかなかったという話を伝えきいた。

異霊館

あの戦争で、命も画業も奪われた画学生たちの遺された作品のいくつかを編集して、昭和四十九年に「祈りの画集」としてＮＨＫが放映した。

画家乃山渉二氏は、満州の牡丹江に一兵卒として赴いたが、奇しくも病いを得て、陸軍病院へ送られ、敗戦で帰還することを得た。

だが、乃山氏の友人達は、何人かが死んだ。乃山氏は、祈りの画集の編集に携わりながら、いつかきっと不運の同世代の画描きたちの遺した作品を世に残したいと思った。

胸のうちに、その想いを秘めたまゝ、十数年がすぎた頃、一人の青年が乃山氏を尋ねてきた。

「モシ　モシ」

消え入るような電話の主は、小柄な乃山画伯の前に立ちはだかるようなその背丈を、何とか小さく屈めるようにして、

「アノオ」

と、いって頭を下げた。

小保島と名乗るその人物が、「祈りの画集」を知ったのは、三十六歳のときであった。「きっと哀楽」というアートホールや喫茶店を経営し、敗戦のとき四歳で戦争には殆んど関心がなかったが、祈りの画集に出会ったことが彼に複雑な衝激を与えた。それは長野県上田市に「夭折画家」の素描を展示するユニークな美術館を経営しているときだった。小保島氏は何かに憑き動かされたように乃山氏をたずね乃山氏に戦没画学生のための慰霊美術館を造りましょうともちかけた。「私にできることは何でもやります」と、言葉とは裏はらに、いかにも頼りなげな視点の定まらない風情であった。

それは祈りの画集から十七年が経っていた。

「あの画集は、当時の美術学校の生徒の代表のようなかたちでぼくが全国の同級生の遺族を訪ねたわけだけど、時間が足りなかったなア、」

「何しろ彼らが死んで三十年も経っていたから、遺族の所在地を調べたり、絵がちゃんと、保存されているか問い合せたり……あれから、また十何年かが経ち……」

乃山氏はしみじみ語った。

「五十年はあっというまだったからねえ、仲間たちが戦死したから、生き残った我々が、どれほどの仕事をしたのかといえば、自信がない。ことによると、技術的には未熟でも、彼らの絵の方が、何倍も純粋だったんじゃあないかと、思ったりするんですよ」

ききながら、共有する戦時体験のまるでない小保島氏が、一緒に遺族を廻ることになるのだから、乃山氏と小保島氏の組み合わせは、何か奇妙なものがあった。

とにかく平成七年四月に、乃山氏と小保島氏との二人三脚による遺族行脚の旅がはじまった。

翌年の十二月頃まで一年半に亘る訪問遺族は三十家族、乃山氏は自身の練馬美術館の回顧展などで多忙になり途中から三分の二は小保島氏が一人で廻ることになったが、乃山氏には小保島氏と一緒の行動には理由のわからぬ何かを感じた。

とにかく平成九年五月に戦没画学生慰霊美術館「無限館」は開館し、それは新聞、テレビ、等マスコミの大反響をまき起した。三年にも亘って全国をかけめぐった上、何千萬円もかけて竣工した美術館は開館から半年で、寄附金四千五百八十九萬七千十円。募金六百八十萬五千五百七十九円、入館料一千五百七十六萬四千百四十円。合計六千八百四十六萬六千七百二十九円という思わぬ収入を得た。

この金額は、慰霊美術館の建設費三千七百八十七萬七千百五十三円を賄って余りあるもので、一時小保島氏をオロオロさせ、また内心有頂天にもさせた。

だが、小保島氏の精神の高揚は一件の税務申告書類によって、サッと顔が青ざめるように冷たい汗になった。

小保島氏は、これを税の横暴のように受取ってみせ、全国津々浦々から寄せられた篤志家の寄附金に「贈与税」がかけられ、四千七百萬円ほどの約半分の二千三百四十萬円を即刻納めなければならなくなった。と、言う。

しかし、これは、小保島氏の思い違いで、彼は慰霊美術館として建設した「無限館」以前から、個人経営のデッサン館や他に「きっと哀楽」なる妖しげな名のホールの運営や画商もやっており、「きっと哀楽」は株式会社組織になっていた。つまり自分の事業と混同したきらいがあった。

小保島氏は、国の力をかりず、民間の力で、慰霊美術館を運営することに内心少なからず恃むところがあった。

ところが、ここで小保島氏は自分の計算能力外のことに遭遇することになる。

そもそも「無限館」がこれ程の反響があり、寄附金や入館料収入が予想外に入ってきたものの、小保島氏はこれを自分の同族会社である「きっと哀楽」の売上に混同したのだ。その会社の「哀」は戦没画学生を指し、「楽」は、その美術館に入ってくる収入を自分の会社の売上にした小保島氏を指しているかのようだった。

無限館の収入を会社の収入として計上した結果、その小さな資本金一千萬円の会社は、繰越欠損金三百三十九萬八千六百十一円を差し引いて、平成九年十月三十一日決算の申告書を申告期限が休日であったので、平成十年二月二日に代表者である小保島氏と黒田某という税理士が署名して、自から、三千五百八十九萬三千百七十円の法人所得に、法人税一千三百四十四萬八千七百円を申告したのである。

だから、これは決して、国税当局の横暴ではない。形式の上では小保島氏が充分承知の上で自から行ったことであったのだ。

ただ、かつてない高額の納税申告書に署名するとき、小保島氏はいままで味わったことのない胸騒ぎを感じた。

「納税催告書を手にして私の全身は硬直した。あゝ、しかし一度は義憤にかられてみたものの、私は正真正銘の個人営利事業主で、わが美術館には財団法人などの資格などあるわけではないから、いわば不労所得ともいえる全国からの義捐金に、相応の課税がなされるのは当然といえば当然なのである」

ところが、無限館に寄せられた浄財はすでに美術館の建設資金に使ってしまい、その上不足の建設費などを借入れた銀行に六千萬円もの返済をしなければならない。

しかし、どんなときにも天の祐けはあるものだ。と小保島氏はいう。ここで私が登場するのだが、小保島氏が私のことをいうのに、無限館に寄せられた全国からの義捐金に税金がかけられたというが、いかにオニの税務署でも話せばわかってくれる気がする。と言って、私が大フンガイしたことになっているが、それは小保島氏が面白おかしく脚色したのであって、私は小保島氏がいうように「白馬の騎士」でも何でもない。その上小保島氏は無限館の成功?に全国から、平和運動家とかもろもろの親切?を名乗る人たちからの関心や共鳴の電話が入っていた。

私の申し出にも、小保島氏の受け答えは、それらの有名人にあやかりたい人に対する相手を見定めるような横柄さが感じられた。

それでも背に腹はかえられず、さすがの小保島氏も、私に会ったことはまちがっていなかった、と、やゝ胸をそらして述べている。が、私は、ただ全国からの義捐金が課税を免れるためには提出期限の迫っている正規の更正請求の書類を国税当局に提出したのである。

この更正請求は日ならずして、ほゞ申請通りに認められた。ところが白馬に跨ったわけではないが、苦心して原申告の誤りを直したこの無償の行為は、私の一人相撲であって、図らざるもこの世のウラ通りに顰《ひそ》む人の心の闇に光を当てることになってしまう。

税務当局へ更正請求書と一緒に提出した嘆願書は省略する。

さて、以上のことは、小保島氏が随所に書いているから、若干の訂正を試みるに留めるが、無限館はその後どうなったか。せっかく国税当局の異例ともいう短期間の裁断で、無限館と、そこに寄せられた義捐金は本来の目的に添って生かされる筈であったのだが、人間に魔物が棲んでいるのか、そもそも人間がつくり出した貨幣が魔物なのか小保島氏は、この美術館が、慰霊と名がついたことで、いやそれがゆえに、無限館は、無限に金をかせぐ、打出の小槌「異霊美術館」だと錯覚したのである。

国税当局は、小保島氏が言うようにわれわれがフンガイなどしなくても、そもそも、納税者が誤った税務処理をしたという、世にも愚かな行為を、ちゃんと話を聞いて訂正してくれたのである。

ここで小保島氏に二つの誤解があった。その一つは、間違っていたのは小保島氏であって、国税当局がケシカランという話ではないこと、もう一つは、小保島氏は、無限館の思いがけぬ反響に加えその評判が伴ってきた多額の金銭である。これはオボシマセイジ本人が、実は高名な小説家Mの落し胤であって、生まれたときの名は、M・Rであることがわかったときのその感動が、充分自尊心に満足を与えたときのように、今回無限館に寄せられた何千萬円もの貨幣は、小保島氏に充分以上の慢心を与えた。

この無限館という表向きは戦没画学生の慰霊美術館。これを創った人物は、いったい誰なのか、オボシマセイジなのかＭ・Ｒなのか。とにかく国税当局は平成十年十一月六日に私の提出した法人税の更正請求書に対し、内容をすべて承認した上で、平成十年十二月八日に更正通知が送達された。僅か一ヶ月と二日で法人税の還付と、予定納税の取消し、それに準じて都税事務所から都民税、事業税の更正還付処理が行われた。小保島氏がいう、二千何百萬円かが速刻銀行に振込まれたというのは、このことである。

国税当局が無限館の創立の謂や資金繰の窮状を慮り、早急に処理したものと思われるが、このあたりも、小保島氏が国税当局が間違った課税処分をして申し訳なく思っていると勘違いしたフシがある。

とにかく、更正請求の期限が二ヶ月程しかなかったので、私の仕事は夜に日を次ぐ大変な作業だった。これをタダでかって出たために小保島氏からは返って見下される一因になったかと思われる。とにかく、小保島氏は、俗世的な名声と、貨幣に表象される価値を追求してきた人であって、乃山氏に無限館建設をもちかけたのも、小保島氏のおどろくべき世俗的な嗅覚であった。
とにかく無限館は上田市の小高い丘の上に、粛々と立っている。
「狂を佯《いつわ》って街を走れば是れ狂
佯って善を為せば則ち善」
私は小保島氏の名前と共に右の句を思い出すのだが、無限館に税金が戻って、さあこれから歩調高く再出発しようと思ったとき作成した無限館の会の会則は次ぎの通りであった。（省　略）
この会則は私が作ったものであり乃山氏は仙人のような人だから、とにかく戦没画学生らの絵が保存され、展示の機を得るならば、それで充分満足であって、会則などなくてもよいのである。また、この会則を作った私も乃山氏以上に無限館に求めるものは何もない。たゞ、せっかく国税当局と渉り会い、難しいと思われている国税当局にこちらの主張を十分認めてもらったので、私はすでに目的は達している。ただ、私には今後の運営に関する若干の責任と危惧とがあった。

ここに小保島氏のいかにも無雑作な筆跡の私に寄越した一通のメモがある。

坂上吾郎さま

もし無事に登頂したら、小生は坂上さんにどのように感謝すればよろしいでしょうか

おぼしま

私は何も返事はしなかった。

これはいったい他人を小馬鹿にしているのか、慇懃に遜《へりくだ》ったつもりなのか。

私の回答にかえて、随分昔に死んだ私の友人の詩を掲げる。

感謝

早春の
うららかな陽光の中で
人垣にかこまれて
ふりまく微笑よりも

おれは
馬鹿に気にかかる

シルクハットの
てっぺんのほこりの方が──。

そこで、その後の無限館の会計処理である。無限館に入ってくるお金は、「きっと哀楽会社」へ全部入金され、その中から無限館が負担すべき費用として小保島氏の会社で計算された、委託費とか交際費、旅費、賃借料等全収入の六割以上に当る金額を小保島氏の意向のまゝそっくりそれを認めて、その額を差し引いた残金が、一応預り金として負債に計上されている。

何のことはない。経理を区分して損益計算を同族会社の収益から外すことで、無限館の収入であるべき金額と同額がただ課税を免れるために別途計算されているだけなのである。

この計算は、決算の都度私が確認するので、形式上の計算は間違ってはいないが、これでは無限館は税を免れるためにヒサシを貸しているだけなのだ。

平成九年に始まり平成十五年十月に到る六年半の間に無限館から見れば貸付金(計上科目名仮払金)として資産に計上され、きっと哀楽会社では預り金として負債に計上されている金額は七千九百五萬一千八百三十三円である。

無限館の収入は、非課税である公益法人の扱いになっているのだから、戦争犠牲者である戦没画学生のための美術館に寄せられたものを非課税にする処置が、まるで脱税幇助ともとれることになっているではないか。このことにこそ義憤を感じなければならない。

無限館の収入は、設立第一期は寄附金四千五百萬円に対し、入館料（鑑賞料）は一千五百萬円であった。この鑑賞料というのは、入館そのものは無料で、帰りに出口で二百円から三百円まで、自由に置いて行くというシステムであるから、入館人員は半年間でざっと五萬人くらいになる。それが、テレビ、新聞等、マスコミの宣伝により、開館四年目の入館料は四千萬円になった。約十三萬人が来館したことになる。開館から平成十五年までの六年半で、寄附金一億四千八百五十六萬二千五百七円、募金二千七百六十七萬一千四百九十四円、鑑賞料二億四千百四十八萬八千七百八十円、その他四百二十八萬六千百二十三円併せて、合計四億二千二百萬八千九百四円の収入があり、同期間に費消したとされる経費が二億六千二百三十四萬三千四百三円（減価償却費九百二十五萬二千四百八十九円含む）この内訳は人件費六千八百三十八萬百一円をはじめ賃借料四千四百八十六萬五千二百十七円、交際費一千四百八十七萬四千六百三十九円等々があるが、驚くべきことは肝腎の絵画修復費は僅かに五百三萬六千三百円だけである。

乃山氏が開館のあいさつで

「オボシマ君の文字通りの東奔西走によってこの館は出来た。戦地で亡くなった仲間たちもさぞ喜んでくれていることだろう。私もいくばくか協力させてもらってこの館は出来たが、これからが大変だ。あつまった作品を末永く保存してゆくのには大変な経費もかかるし、労力もかかる。あまり多くの客が見込めそうもないこうした美術館を維持してゆくためには、これまで以上に市の皆さんのお力を借りなければならない。どうか、市長さんにもよろしく今後のことをおたのみしたい」

と、言っている通り、今まで長い年月遺族が守り続けてきた遺作の絵画を保存することも、この美術館の大きな使命であるだろう。

私の手許にある無限館の収支一覧表にある四億二千萬円に余る館の収入から作品保修に使われた費用はなんと五百萬円だけなのである。

これを見て、私は小保島氏という人は金を集める魔術師であって、彼は集めた金が自分の自由な金でなくなることを、一番恐れていたのではなかったか。

無限館で、ある催しがあり、私も乃山氏と招かれて、その日は上田駅前のホテル

をとってくれ、滞在費五萬円をくれた。夕方乃山氏とコーヒーを飲みながら、乃山氏が、つくづく不思議そうに

「オボシマ君がどういうわけか、五萬円くれたよ。こんなことは初めてだよ」

と、いわれ、私も同じ封筒を貰ったが、私は中部地方から東京経由で上田まで行くのだが、いつも自腹である。

とにかく、小保島氏は、「自分は社会のためにやっているのだから、心ある人は協力すべきであり、しかし、集まった金は小保島自身の懐に収まるべきで、そうしたところで、それでも人も金も集まってくる」

と、恥じるところがないのだ。

平成十年に無限館の税金還付の仕事をしてから、それでも、とにかく私の手許に、数字の羅列された書類だけは送られてきたので、毎年ごとに平成十五年十月までの収支計算書は作成した。その結果、平成十五年十月末日現在で無限館から、きっと哀楽会社へ仮払金として渡った金のうち、計算上だけでもきっと哀楽会社の帳簿へ残った金が、七千九百五萬一千八百三十三円ある。

それでも、私の再々の申入れにより漸く運営委員会を開くことになった。

この運営委員会の会場がパレスホテルだという。これも私に異和感を与えた。無限館の収入は高度成長型の経済の所産ではない。戦没画学生の遺族や関係者、少なくとも戦争のもたらした犠牲について心を寄せる人たちの出損によるものである。その故に、私も、すべての仕事を弁当持ちの無報酬で行ってきた。その無報酬について、いつであったか、小保島氏から毎月私の事務所の報酬として月額三十萬円支払いたいという申し出があった。私は「とんでもない」と即座に断った。無限館は、お金のためにやる仕事ではないと思っていたからである。

ところが、タダというのを小保島氏がどうしても聞き入れない。それで致し方なく、だん〳〵値下げして月十萬円で妥協した。具体的には十萬円から源泉所得税十％を差し引き、消費税五％を上乗せして、無限館から私の事務所へ毎月九萬五千円を支払うという。もう無限館の仕事が落着して何年も経ってからのことであるから、私は不本意ながら、一旦は、承知した。

ところが、この期に及んでも、私は未だ気がつかなかったのだが、小保島氏は、世間は何事も利権で動くと信じている、いや、そっくり利権という風呂敷の中に包まれていると思っているのだった。

私の顧問料は、平成十五年一月から、平成十六年一月まで九萬五千円×十三回で百二十三萬五千円を、ときに忘れたりしながらとにかく支払ってきた。

しかし、顧問料を支払うということは顧問である私の意見を尊重しないということになるという、つまり金が払ってあるぞということになるらしかった。これも私は全く気付かなかった。俗流には、金を支払う者が金を受取るものを支配するということらしかった。私は、僅かでも顧問料を受取れば、私はまぎれなく顧問であるのだから、少しは顧問である私の意見をマジメに首肯するであろうと思ったのだが、これは全く反対であった。とにかく、無限館の小保島氏から、私の事務所へ月額で九萬五千円の送金があったのは、無限館の税金問題が落着した平成十年から六年も経ってからである。それは、

「小生はどのように感謝すればよろしいのでしょうか」

と、小保島氏が紙片をよこしてから、六年後ということではあった。

相手は私などの思いも及ばない人だと、気付かなかった不明を恥じるしかないが、それでも無限館を放置することはできないので、止むなく乃山画伯に連絡し、「無限館運営委員会」を開催することにした。

乃山画伯からのファックス

「先日無限忌（六月六日）その地で小保島さんから、十九日の会合場所で迷っている由、聞きました。近々にどこか見付けて連絡あるものと思います。待っていて下さい。お願いします」

小保島氏は乃山画伯は表看板だから、乃山氏を通せば、とにかく連絡はつく。その結果がパレスホテルということになったのである。

平成十六年六月十九日午後六時パレスホテルロイヤルラウンジで無限館運営委員会は開催された。運営委員は小保島氏、乃山氏、私の三人だが、何故かきっと哀楽会社の取締役坂本明浩氏と経理担当の南陽子氏が同席した。

議題は「無限館の現状と、今後の運営について」であるが、私から、無限館で行う事業は国税当局から非営利事業であると認められ、同会の収入は非課税措置がとられているのであるから、この非課税収入が、他の営利事業を行う企業に流用されるような疑念を抱かれることは当然してはならない。

非営利法人無限館に創立以来七期に亘り非課税収入が四億二千二百萬円余あり、その支出を全部正統な非課税事業によるものとしても尚残高七千九百萬円余が、営利企業の財務に転用されている。

この流用資金残高を速やかに無限館に返還して解消すること。を提議した。

これに対し小保島氏より所有する絵画等を処分して早急に解決するとの確約があった。

更に、無限館の運営は、速やかに特定非営利法人を設立して、適正な運営を委任すること等を提案して原案通り決した。それに際し小保島氏より議事進行中に今後無限館の運営は他に適当な館長職履行者に委ね、自分は退きたい旨の申し出があった。(こういう見え透いたことを平気で言えるところこそ、恥を知らぬものは恥をかかぬ。ということに外ならない。)

この議事録には運営委員の三名の自署捺印がある。

だが、この漸く開催された運営委員会で、私が国税当局と折衝して、無限館が特定非営利法人に該当し、その事業の展開が非営利事業に認められたのだからといって、収入は非課税であるが、入ったお金は自由に使うという。これが全くの背徳行為であることが小保島氏にはどうしてもわからない。無限館を作ったのは慥かに小保島氏であり、これは彼の得意とするところであって、慥かに余人のなし得ないことであるかも知れない。

運営委員会は、まあ大人の遊弁、歓談の形で終った。ここできめられたことを小保島氏が実行する筈もなかった。

平成十六年二月十日、私は小保島氏から送られてきていた顧問料百三十萬円を銀行振込で返金した。（みずほ銀行　北沢支店　当座預金）小保島氏が、私に顧問料を支払うことで、自分が無限館のお金を持ち出すことを正当化する、少なくとも罪一等を減じることができるなどと思われたらとんでもないからである。

たしかに私は、無限館の収支を、小保島氏の個人会社と分別することを指導した。しかし計算だけを別に集計して、お金は全部個人会社へ注ぎ込んでしまい、お金には名札も番号もついていないから、個人会社の金として自由に使うことができる。ただ無限館から仮払金として流用した金額だけはわかっているという。

私は、いったい何を指導したのか。これでは公益法人を装って税金だけ免れようとすることと同じである、そんな法人から、私が顧問料を受取れるわけがない。

ところが、小保島氏にしてみれば、せっかく名案（?）を得て、毎年無税で無限館の観覧料だけでも四千萬円近く入ってくるというのに、坂上だけが清潔な顔をしているとはどういうことか。小保島氏は顧問料が三十萬円でも十萬円でも、とにかくタダ働きの人がいては困るのである。

私はせっかく七百三十五円の手数料を払って返金の送金をしたのに小保島氏からは受取ったという連絡もなく、領収書も来ない。

ここに原稿紙一枚に充たぬ、おそらく小保島氏が最初に無限館建設を企てた際に記したと思われる空想の規約がある。

「無限館」建設の会　規約

本会は（株）きっと哀楽が経営する戦没画学生慰霊美術館「無限館」の運営を支援するために広く寄附金を募り、それを館の設備拡充、展示される遺作、遺品の収集、修復、保存等に寄与することを目的とする。

本会は「無限館」運営への支援の他に、それにともなう付帯事業（「戦没画学生人名事典」の編集、「声の証言」ライブラリー、全国巡回「祈りの絵」展開催等）に同様の資金援助をすることを目的とする。

これを読んでいると、小保島氏は何事によらず常に金集めの方途ばかりを案じており、偶々、乃山氏の「祈りの画集」と、乃山氏のいつかこの戦争で亡くなった学友たちの画を後世に残したいという気持ちを知って、この筋書きに脚色し、これを錬金の手段に見事に演出した。

小保島氏は言うだろう。「清く正しく美しく」あれは宝塚のような少女の世界のことである。普通の大人は「雀百まで踊り忘れず」欲と二人連れなんだと。

とにかくこの最初に小保島氏が書いた無限館建設の会の規約を見れば、新株割当てや新商品の売り込みのセールス口調が感じられ、これを今読めば、ハハー、ナルホドと思われるのであった。

かくいう私にしても、戦没画学生の遺留作品を世に残す事業を行うために、国から税金の課せられない方法はないかという思いから、私の労力でできることを行い、その限りでは国税当局の大所高所からの判断と理解を得ることができた。だがその後の小保島氏の対応には、少からず首肯いたしかねる場面に出会いながらも、しかし、こんな事業を行う人は、これくらい、いいかげんなところもある人でないと出来ないのかも知れぬと思って静観の椅子から腰を上げなかった。しかし、戦没画学生慰霊美術館はモノとしては立派に出来たのである。

小保島氏に関する感触は乃山画伯と私とは大差のないところであったが、乃山氏も慰霊美術館ができることが何よりの目的であるから、目の前に、それは立派に、その内実とは裏腹に静かな佇いを見せている。とにかく、それは、そこにあるのだった。

税金還付の更正請求書に対し、調査確認で訪れた税務署員が、小高い丘の上にある無限館の佇いを見上げて、

「い、眺めですねえ」

と、感に耐えたように言ったとき、透かさず

「あなたは、本当に税務署の方なんですか」

と、小保島氏がこたえ、これには、はからざるも小保島氏が文化もわかるという一面を見せ、われ〳〵は思わず顔を見合わせたのであった。

この一瞬こそ、この無限館の出来事で唯一つの透明な空間であった。とにかく無限館の出発点は、汚れなきものであったと信じたい。乃山氏はもとより名利に疎く、祈りの画集もNHKで放映されたことによってできた。戦後三十年経って過去を振り返ることは好きでないという乃山氏が、一度あの狂気の時代を掻いくぐってきた人間だから出来たという遺族訪問、乃山氏は自からを楽天家だという。ならば、小保島氏の行跡など苦にもならず無限館に戦没画学生の絵が架けられてあれば、よいということであるだろう。

私がごく若い頃、世話をした菓子会社の社長に税金の説明をしたときのことを思い出す。

その社長の会社は全国の温泉街などの土産物用の羊羹を製造販売しており、かなりの利益を出していたのだが、ご多聞に漏れず税金は払いたくない。

いよ〳〵申告の段階になって、

「それで、税金はいくらですか」

と社長は言う。

「いくらいくらです」

と、私。

「もう少し何とかなりませんか」

と、社長。

「売上がいくらで、原価がいくらで、かかった経費がいくらいくらです」

「・・・・」

「それでこの金額になります。もうこれ以上は棚卸資産が債務になってしまいますよ」

「それで、税金はいくらですか」

「いくらいくらです」

「もう少し何とかなりませんか」

「売上はいくらで、仕入が・・・・」

こんな問答を二三回くり返してわかったことは、社長は、決算内容の説明は何も聞いていない、社長の耳にきこえるのはたゞ税金の金額だけなのであった。

おそらく、小保島氏の耳目に届いているのは課税を免れた法人税の額と、還付されて銀行に振込まれた金額だけで、ここまでは私を白馬の騎士だと言わしめた事柄であったが、それ以後六年にも及んで、私が小保島氏に提示し、無限館ときっと哀楽会社を混同しないように惇々と諭すように説明してきたことはただ言葉の音を聞いているだけだったのだ。

私が、無限館の小保島氏に別離の辞を送ったのは平成十八年十月二十五日である。

小保島氏は本人が「父への手紙」に書いているように作家M氏の落し胤であり、漸くその父をめぐり当てたのは三十五歳のときだという。しかし、私は偶然かどうかM氏の作品を殆んど読んでいない。本棚を見渡すと、何冊か並んでいるのを発見したが、読んだ記憶がない。

かつてM氏が税務調査を受けたとき、上様という領収書を集めて、その上様の前にMと書き込むと丁度本人宛先のある領収書になった。それで税務署の調査官が、笑いながらこのMという字と次ぎの上という字のインキの色が違うのはどういうわけですか、と問うたそうである。

税金と臍の下には人格はないといわれる。

一度だけ生前のM氏にあったことがある。小保島氏の出版かなにかの会に招かれたときだと思うが、車椅子のM氏からこれ以上ない鄭重なご挨拶を受けたが、それは私が白馬の騎士だったからである。私は白馬から降りてしまったが、乃山氏は文化功労者である、今度文化勲章も貰った。小保島氏は無限館の館主である。坂上もこの小保島氏にもっと辞を低くして膝つき合わせてつき合えば、無限館を救った白馬の騎士として有名人の知り合いが沢山できるのに、無限館に寄せられた浄財は、支払った人の浄財であることは慥かだが、受取ってしまえば、札は皆同じ貨幣だということが、どうして坂上には解らないのかなあ、と、さぞ小保島氏には不思議に思えたのではなかろうか。

小保島氏はある種の天才だけあって、当初税金を贈与税と間違えていたが、小保島氏がとっている行動は、まさしく全国から寄せられた寄附金等を、小保島氏が私したことによって贈与税が課税されるべきであり、小保島氏は旨ずして贈与税の本質を見極めていたことになる。

だが全国の、しかも遺族とその関係者から寄せられた真の浄財を、小保島氏の財布に収められることでうす汚れた貨幣になってしまうことに、私は憤懣やるかたないのである。

小保島氏は柳の下に何匹どじょうがいると思っているのか「信濃浪漫大学」構想なるものを発表したことがある。この信濃浪漫大学に創設者小保島誠二が提供しうる施設、不動産等、として、無限館の作品五百点、建物、借地権他、さも私財を投げうつような言いまわしで、今後二年間のあいだに創設基金三億円の準備につとめますとあり、最後に全国からの応援金をもとめる予定だとある。その上「応援」する人として、乃山画伯をはじめ日本の有名文化人六人の名が書かれている。

無限館はその後再び税務調査を受け、漸く一般財団法人になったと聞いたが、私は何も知らない。

「センセイ、小説というのは、何を書いてもいいんですか」

と、いう上等の質問を受けたことがある。

「ものの価値には、価値と、使用価値とがある。普通世間でいっている価値とは、使用価値のことで、まあ利用価値といってもよいが、つまり貨幣に置き換えることができる価値である。では私の価値は具体的にはどういうことになるか。私は、無限館の収入に課せられた税金を無限館という媒体を特定非営利法人と認識してそこに帰属する収入と支出を営利事業と、非営利事業に分離して経理することで、国税当局に非課税の処置を認めて貰った。私の存在『価値』はその限りだというのが小保島氏の考えである。これはつまり私の存在がそれ相当の貨幣価値に置きかえられるかぎりの価値であって、私自身に備わった本来の価値ではない、ということになる。税金はすでに還付され、それを小保島氏が受取ったからには、それで小保島氏にとっての私の価値は消滅したことになるらしい」

小保島氏が「もし無事登頂したら、小生はどのように感謝すればよろしいのでしょうか」という言葉が彼の真意をよく現わしている。

つまり、私の税金還付の行為と、彼の感謝の表明とが貨幣価値に換価され、それがタダであっても等価交換されていて、この先の無限館が、すでに貨幣価値で表現できるデイジタルの価値の消滅した坂上の指図を受けることはない、ということになる。

こうして文章に書くと、かなり悪辣にも見えるが、小保島氏は何年もその流儀で生きてきたのであって、作家M氏との再会でも、子を捨てた親に対する感情ではなく、あの有名なM氏が自分のまぎれもない父親であったと判ったこれからのことの方が、小保島氏にとって、どれ程の価値があったであろうか。

この価値観の問題は、文化功労者であり文化勲章受章者である乃山氏についてもいえる。乃山画伯はいくら文化功労者とはいえ、いつも文部省の相手をしているわけでもなければ、乃山画伯一個人にくらべれば、無限館設立の功労者であることの方が、たしかに宣伝力は高い。一方小保島氏にとっても、文化功労者で文化勲章受章者の画家の美談に便乗することで、自らの行為に粘着した貨幣の汚れを洗浄することができる。

小説はこのような価値の真実を書くのであって、何かを書いてよいとか悪いとかいうことではない。

私が小保島氏に手紙を出しても返事がきたことは一度もない。仕方なく乃山氏を通じてに連絡すれば返事はくる。これは小保島氏の生きる上での価値観をよく現している。小保島氏作の詩のようなもの、無限館の壁にかけられているものを記す。

あなたを知らない

遠い見知らぬ異国で死んだ　画学生よ
私はあなたを知らない
知っているのはあなたが遺したたった一枚の絵だ
あなたの絵は　朱い血の色にそまっているが

それは人の身体を流れる血ではなく
あなたが別れた祖国の　あのふるさとの夕灼け色
あなたの胸をそめている　父や母の愛の色だ
どうか恨まないでほしい
どうか咽かないでほしい
愚かな私たちが　あなたがあれほど私たちに告げたかった言葉に
今ようやく五十年も経ってたどりついたことを

どうか許してほしい
五十年を生きた私たちのだれもが
これまで一度として
あなたの絵のせつない叫びにみみを傾けなかったことを

遠い見知らぬ異国で死んだ　画学生よ

私はあなたを知らない
知っているのは　あなたが遺したたった一枚の絵だ
その絵に刻まれた　かけがえのないあなたの生命の時間だけだ

一九九六・八・一五「無限館」地鎮祭の日に――

小保島　誠二

見事に俗流である。

小保島氏が知っている「たった一枚の絵」を何枚か展示することで、これから小保島氏の新しい大学、信濃浪漫大学をつくるための媒体になるというのであろうか。こんなやりきれない日常感は、やはり戦争のせいだと言いたくなる。戦没画学生の悲劇が他ならぬ戦争の姿であるならば、その戦争の悲劇を喰ってしまおうとする人種を私は知らない、と言おう。

M大作家が天才であるならば、そのM氏の落し胤の小保島誠二もその血を承けた才人であるのだろう。

M氏は某新聞社の私の履歴書に「K女を知りやがて同棲して一子をもうけたが、肺病再発で失業、子をK家にもらってもらって別れた」と一行だけ書いている。天才の心は凡人に解る筈がない、と小保島氏は言うだろう。

事故でも、天災でも、必ず行方不明者はいる。戦争による行方不明者の絵を、その行方の知れぬ絵をどうすればよいか。これこそ無限に心の問題であるだろう。

その心の問題を書く、文章にかく、それは貨幣でなくても、何かとも必ずしも交換できない、それが小説である。

昭和二十二年の桑原武夫氏の「洞察について」を引用する。

「今日文明は真に一つの危険にのぞんでいる。・・・・伝統はすべて衰え、信仰はことごとくすたれたが、それに代る新しい綱領はまだでき上ってもいないし、まだ大衆の意識にしみこんでもいない。私の分裂と名づけるものはそこから来る。これは人間社会の存在における最も恐ろしい刹那である。良心の汚辱、凡庸の勝利、真偽の混同、主義の取引、熱情の陋劣、風儀の弛緩、真理の厭迫、うそに與えられる褒美・・・・すべてが相争って義人を絶望に陥れんとする。魔法の棒を一ふりしたやうに、明日にでもこの国に、自由、権利の尊重、公衆の礼儀、輿論の真率、新聞の誠意、政府の道義、有産者には道理、貧民には常識が再び興るだろうなどという空想も期待も私はいだかない。否、否。この頽廃はいつ果てるか、私には見きわめもつかない。一世代や二世代のうちには衰えそうにも見えない。これがわれわれの運命である。・・・・私の見るものは禍だけであろう。私は暗黒の中で、おのれの閲歴のため非難の極印を打たれた腐敗せる社会において、生をおえるだろう。やがて殺戮がはじまる。そうしてこの血の浴みにつづいておこる虚脱は恐るべきものであろう。われわれは新しい時代の功績を見ず、闇の中で戦うであろう。われわれは悲哀に打ちひしがれず、おのれの義務をはたしてこの生に堪えるため、身構えしなければならない。互に助け合い、くらがりの中で声をかけ合い、機会あるごとに正義をはたそう。」

（「手帖」昭和二十二年八月第一冊）

桑原氏はこの文章が昭和十五年柴田治三郎氏が思想によって記載されたものを読んだものであるという。つまり小保島氏がこの世に生まれた当時に書かれたものであり、すでに人間の生活に根づいた文化だと、考えられる。

「あなたが、せっかく苦心して国税当局に意見を通し、無限館の出発基盤ともいうべきものができたのに、あなたからの、まるで天与の好意を無にしてすまない」乃山画伯はしきりに恐懼されるが、私は「いやあ、あのくらいの人でないと、こういうことはできないでしょう。まあ、兎に角、何枚かの戦没画学生の絵の展示はできたのだから」

私はこう言って乃山画伯を慰めた。だが私の言ったことに偽りはなくても、私は小保島氏の詐欺まがいの行為に加担したことになりはしないか、乃山氏はたとい自からの戦争体験から、同世代の志しを得ぬまゝ戦場に仆れた友人たちの絵を後世に遺したいという心からにせよ、結果においてオボシマ劇場型詐欺行為の広報の一端を担わされたことになるのではないか。

詐欺罪―人を欺罔して財物を騙取し、又は財産上不法の利益を得又は他人をして得しめることをいう。—その行為は、作為に限らず不作為でもよいが、その程度は取引上許されない程度のものであることを要する。騙取とは対価を払った場合でも騙取である。財産上不法の利益を得るとは、被害者の損失の反面として利益を得る場合をいい、単なる不法利得を処罰するものではない—。

さて小保島氏の行為は、無限館の収得金のたかが数年分で七千九百萬円にすぎない。と小保島氏は思っているだろう。

そもそも無限館とは、無限に黙して語らぬ館であると同時に、無限に銭を生み続ける館という謂であるのか。

無限館の裾にある美術館は夭折の画家のデッサンを中心に展示されているが、そこに小熊秀雄の何枚かを見て、なぜ、ここに小熊があるのかと思い、小保島氏に尋ねたことがあった。そのとき彼は、ちょっと俯いて、視線を外らし、

「小熊秀雄の奥さんの晩年に、枕元に通いつめたので、いまわのとき、遺品として私が貰ってきたものです」

と、よく聞きとれない声でボソボソといった。

小熊つね子さんには信頼して頼れる女性がいたのだが、つね子さんはいつも早逝した息子を思い出していたというから、その年恰好の小保島氏に異常な眼差しを注いでいたのではなかったか。

あゝ、これは、無限館と同じではないか、ここに彼小保島氏の才能があるのだと思った。三十九歳、血を吐きながら詩をかきながら書いた絵が、ここ上田市の無限館の山裾のデッサン館にある。

小熊の詩をうつす。

無題（遺稿）

あゝ、こゝに
現実もなく
夢もなく
ただ瞳孔にうつるもの

五色の形、ものうけれ
夢の路筋耕さん
つかれて
寝汗浴びるほど
鍬をもって私は夢の畑を耕しまわる
こゝに理想の煉瓦を積み
こゝに自由のせきを切り
こゝに生命の畦をつくる
つかれて寝汗掻くまでに
夢の中でも耕さん
さればこの哀れな男に
助太刀するものもなく
大口あいて飯をくらい
おちょぼ口でコオヒイをのみ

みる夢もなく
語る人生もなく
毎日ぼんやりとあるき
腰かけている
おどろき易い者は
たゞ一人もこの世にいなくなった
都会の堀割の灰色の水溜りに
三つばかり水の泡
なにやらちょっと
語りたそうに顔をだして
姿をけして影もない

（三彩社　小熊秀雄　詩と絵と画論）

久しぶり。何年ぶりかで無限館へ行った。

坂の上の佇いは見覚えているまゝであった。誰もいない展示室は画架が増えて、窮屈になった感じでありながら、絵画の会話もなく静かだった。

平成二十年に第二展示館もでき、喫茶室や図書室も併設されていた。

入館料は帰り口で千円払った。平成九年当時二〜三百円の志料であったのが、三〜五倍に値上げされていた。「小保島さんはこの近所にマンションも買われたようですよ」とタクシーの運転手はいった。

スピノザのエチカ（倫理）の冒頭を思い出す。

「良心とは人にもっとも公平に配分されているものである。なぜなら、私は良心が不足しているからといって、これを欲しがるものはいない」

何十年前、おそらく十代の終り頃読んだまゝの記憶だから、正確ではないと思うが。

小熊秀雄は自身を「参考画家」と呼んだ。であれば、私は烏滸《おこがま》しくもせめて自分を「参考小説家」くらいになりたいと思ったことがあった。

無限館の千円の入場券の裏側に

「口をつぐめ、眸《め》をあけよ

見えぬものを見、きこえぬ声をきくために」
――小保島　誠二――

と、印刷されている。

祖国の島　他

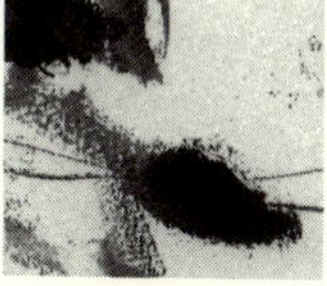

祖国の島

一

北海の涯てと誰も言う
小さな島
それでも春がくれば
あかきいろの花が咲き
霧がそっとかくしてしまう
あゝ
はるかに浮ぶ　占守《シュムシュ》島

二

はかなく遅い夏を呼ぶ
小さな島
あの日のいくさはいずこ
守りし戦士《つわもの》は仆れ
錆びたる鉄の骸《むくろ》を残す
あゝ
呼べどこたえぬ　占守島

三

秋の陽は短く忘れられた
小さな島
たたかいの日は去りて
古里のみのりも知らず
ただ冷たく風が吹く
あゝ
涸れた士魂の　占守島

四

白い波頭に洗《あら》われた
小さな島
つめたい冬がくれば
北風と氷につつまれ
野も丘も寥《わび》しくうちふす
あゝ
昔　祖国の　占守島

映えあれ　豊橋（童謡）

みどりの木々繁り
蝉は昔を語り
花はあしたに聞く
陽かげあたたかな街
三河の東　豊橋

新幹線のひかり
ぽつんと停り
市内電車のレールに
ほのかなぼんぼりの街
三河の東　豊橋

ひとの心あつく
春も秋も
あすを拓く学舎を結ぶ
人の和ひろがる街
三河の東　豊橋

弓張山系に
冬の星は堕ち
夏の波は海辺に遊ぶ
自然の恵み深き街
三河の東　豊橋

野見山さんと文化勲章

十月二十四日の夕刊で野見山暁治さんが文化勲章を受けられたことを知った。その日家に帰ると、書籍らしい郵便物がポストに入っていて、あけて見ると文化勲章を貰ったばかりの野見山さんの著書が平凡社から送られてきたものだった。

野見山さんは自らは世間とかかわることのない人である。世間的な演出など考えもつかない人だけれど、それでもこういうことが間々ある。

◇

「とこしえのお嬢さん」——記憶のなかの人——という。これは随筆とは違う。司馬遼太郎に「ひとびとの跫音」という作品があり、正岡忠三郎と西澤隆二（ぬやまひろし）と司馬遼太郎の三人の交友をめぐる、実にいい話で充ちており、私はときどき書棚からとり出して、読み返し一人、えも言はれぬ感興にひたっているが、野見山さんの文章も、小説でも随筆でもない、まあ詩に一番近いと思うのだが、日本語の文章のジャンルなど、あまり考えずに、読んだり書いたりしているので、文化勲章の受章者の紹介欄に、野見山さんのことを「洋画家　人間や自然の本質を抜き出した軽やかで深みのある抽象画を制作した」とあるが、野見山さんの絵は、何が描かれているのかさっぱりわからないが、彼の絵は抽象ではない、「具象」だと、本人がそうはっきり言っている。

　野見山さんは、はっきり具象のつもりで描いているのに、見る私たちが、わからないので、勝手に抽象画だと言っているので、文化とは、まあこの程度のものだと私は思っている。

◇

野見山さんは夏になると福岡へ帰り、唐津湾の海ぞいにあるアトリエで、海に浮んでいる。シュノーケルをつけて、ただ浮いているのだが、海中の景色は陸上とはまるで違う。

野見山さんは九十歳すぎても海に潜る。「海に潜った」というけれど、海中を眺める程度であるが、海というのは、十センチ入っただけで、地上とは全く世界が違う。地上のすべての物象は引力で、根元へ向って引張られて生きているが、海底は木や草に至るまで、皆浮遊して生きている。一日じゅう見て飽きません。と野見山さん。

つまりの野見山さんも浮遊しているのだろう。私は野見山さんの絵はさっぱり解らない。しかし、野見山さんの絵は好きだ。いや大好きと言おう。それで、私は自分の骨壺に絵を描いてもらった。そのとき野見山さんは四、五枚送ってくれて、その中から一枚選んでくれと言われる。つまり絵のわからない、もちろん何がかいてあるのか全くわからない私が、一枚選び出すのである。私はとにかく一枚を有難く頂戴して、あとを送り返した。折返し野見山さんから手紙がきて、「実はアレを選んでくれてわが意を得ました。もういつ死んでもいいと思った」と、大変感激して下さったのだ。その絵は楽焼の加藤晃楽君が焼いてくれ、まだ私の骨が入っていないのでオフィスに飾ってある。

◇

小説は何を書いてもいいんですか。と質問されたことがあったが、野見山さんに絵は何を描いてもいいんですかと聞けば、答えは明瞭である。私の文集、何を書いたのかよくわからないので、とり敢えず文集としておくが、その拙い文集全五巻の表紙はすべて野見山画伯の絵で装丁されている。尤も全五巻のうち最終刊の第五巻は、漸く編集が終って、今年中に出版の予定で、恰度その折に野見山さんが文化勲章を受けられたのである。まるで便乗するようで、私としては洵（まこと）にやりきれない。野見山さんはルナールの日記から、「嫌なものが嫌なほど好きなものが好きではない」という一節を引き、これは人間にとって不幸なことだと言う。

まあ、私の本がなかなか出来なかったので表紙絵はもう十年も前に戴いていたものので、おまけに全五巻を入れる函の分まであるという始末である。いくら野見山さんが、いい人で、私としては、いくら困ってもどうしようもない。これは人間にとって不幸なことか、幸せなことか。

野見山さんにきけば巨匠は「さあ、どっちでしょうかねぇ」と言われるだろう。

◇

私は勲章には、あまり興味はないが、会津八一は、勲章はいらないが文化勲章だけは欲しいといって、自分で紙の勲章を作って胸につけて見たという。野見山さんは本物を貰って名実ともに巨匠になった。

もう何年になるか、唐津のアトリエで、亡き野見山夫人の武富京子さん手づくりの御馳走になり、高級ホテル並にワインもおいしかった。京子さんはすでにいないが、お祝いに紅白のワインとシャンパーニュを贈って、私の微意をお伝えした。

（二〇一四年十一月二日　東愛知新聞）

あとがきに代えて

これで、全五巻が完結した。第一巻が出てから十年と十ヶ月程になる。その間執筆者の私は何の進歩もしていない。そればかりか、その間に、何人かの友人が、私を捐てて逝ってしまった。しかし、はじめに表紙を描いて下さった野見山暁治氏は健在で、全五巻すべて野見山画伯の表紙で、この本は中をあけなければ、見とれるばかりに立派である。

しかも、この表紙は、十年前に全部出来ていて、私の中身が、十年かかったわけで、しかし読み返す程でもないものが、五冊もできてしまった。

このごろ突然保険会社の社員になった女性が挨拶にきて、名刺に、ちょっとおせっかいな正義の味方と添えがきがしてあった。深谷友紀さんは私より三十八歳も若い。子供が一人いて、一見しおらしいが、天衣無縫である。少年バスケットボールのコーチをしている。つまり、おせっかいは、ちょっとなら正義の味方だと言えるのだった。

そうなると、私は書かなければよかったことが沢山ある。ということは、しなければよかったことがたくさんあった。と、いうことになる。

しかし死んでしまえば、先《せん》のことは判らない。あれは何でもない、うっかり眠ってしまって、目が醒めないだけだと、気がついた。

そんなことに改めて気がつくのに八十年以上もかかるとは、かなり足りないところがあるが、たゞ、風は吹きすぎていった。

読み難い私の原稿をタイプしてくれた北村知亜さん、本多優子さん、本多さんには何度も校正の手を煩わせた。さゝやかな謝意を表したい。また、玲風書房の編集部の奥田さんには、その特異な感覚によってひと方ならぬお世話になった。

坂上吾郎

二〇一四年　十二月

◆著者紹介

坂上吾郎（さかのうえ・ごろう）

1932年　豊橋市に生まれる

1968年～83年まで　月刊『石風草紙』発行・主幹

1989年　「私の愛」「故旧よ何処」作詞
　　唄・菅原洋一、作曲・神原寧　ポリドール（株）発売

1995年　文藝春秋10月号　巻頭随筆

1997年　北千島占守島の五十年　国書刊行会

2003年　著作集Ⅰ　一人　玲風書房

2005年　〃　Ⅱ　まさか　〃

2008年　〃　Ⅲ　とき世　〃

2012年　〃　Ⅳ　石風去来　産業文化研究所

2015年　〃　Ⅴ　吹きすぎし風　玲風書房

実務書（池田 誠）

1977年　税理士事務所と電子計算機　東海税理士会（編）

1983年　税務調査マニュアル（共著）　ぎょうせい出版

1993年　経営に活かせるコンピュータ実務　ダイヤモンド社

2000年　中高年・生甲斐経営管理学習システム
　　「さあ　はじめよう」全五巻　情報処理振興事業協会

2002年　特許発明者登録（inventor）
　　「コンピュータを用いた財務会計の処理方式及びプログラム」

吹きすぎし風　坂上吾郎小説集　V

二〇一五年四月　一　日初版印刷
二〇一五年四月一〇日初版発行

著　者　坂　上　吾　郎
発行者　生井澤幸吉
発行所　玲　風　書　房
東京都中野区新井二—三〇—一一
パンデコンデザインセンター
電話　〇三（五三四三）二三一五
FAX〇三（五三四三）二三一六

印刷製本　開成堂印刷株式会社

ISBN978-4-947666-63-5 C0093 Printed in Japan ©2015